1962

IRONS-NOUS A PARIS?

OU

LA FAMILLE DU JURA.

IRONS-NOUS A PARIS?

OU

LA FAMILLE DU JURA.

ROMAN PLEIN DE VÉRITÉS.

Hic magnos potius triumphos,
Hic ames dici pater atque princeps.
HORAT. ODE II.

A PARIS,

Chez DETERVILLE, Libraire, rue du Battoir,
n° 16.

DE L'IMPRIMERIE DE CRAPELET.

AN XIII — 1804.

IRONS-NOUS A PARIS?

OU

LA FAMILLE DU JURA.

CHAPITRE PREMIER.

Esquisses.

Les naturalistes recherchent les productions du Jura, et moi j'aime ses habitans. Ces grands corps aux traits flegmatiques, au langage traînant, portent des passions vives, des cœurs généreux, et des têtes fort capricieuses. Leur pays pauvre et

A

sans commerce , ne les a pas
accoutumés à cette souplesse
qui dénature les caractères , à
cette agitation qui efface l'effi-
gie de l'homme. Les familles
n'avoient que deux issues pour
l'établissement de leurs enfans,
le cloître et l'armée. Sous la
monarchie , on évaluoit au
cinquième de toutes les troupes françaises le nombre des
Francs-Comtois enrôlés volon-
tairement. Notre statistique est
tellement dans l'enfance, que je
n'ai pu savoir dans quelle proportion ils grossissoient l'autre
milice : mais ce que je sais bien,

c'est qu'ils étoient généralement reconnus pour les meilleurs soldats et les plus mauvais
moines de l'Europe.

Ces deux résultats tenoient
aux mêmes qualités, à une pro-
fonde indépendance de l'ame,
et à une telle fierté, qu'elle
ne mettoit nulle distance entre
l'humiliation et le désespoir.
C'est au milieu de cette con-
trée, dont les habitans ont si
bien conservé la pureté de leurs
traits originels, que vit une famille qui m'est particulière-
ment connue. Comme son nom
importe peu aux grands rôles

2

que je lui destine, je la désigne-
rai simplement sous celui de
Lombert. Elle habite dans les
vallées du Jura une petite ville,
qui seroit célèbre par son oisi-
veté, si la célébrité étoit toujours la récompense d'un mérite supérieur dans quelque
genre que ce soit. Le lecteur
ignorera le nom de cette petite
ville, à moins qu'il ne m'é-
chappe par mégarde dans la
suite de cet écrit que je n'aurai
certainement pas le temps de
relire, tant je suis empressé de
l'ajouter aux richesses litté-
raires de mon pays.

Cette famille comptoit sept têtes principales de différentes dimensions, et dont l'inventaire pourroit s'expédier de la manière suivante :

1°. M. *François Lombert*, l'aîné, et en quelque sorte le chef de toute la famille, homme probe, exact, silencieux, vivant du produit de ses terres, croyant à l'infaillibilité de son jugement, exerçant le pouvoir domestique rarement, mais sans révision. C'est au reste un ami sûr, d'un commerce facile, et qui ne se met jamais en colère que contre les abbés qui font

3

de l'agriculture dans leur cabi-
net. Cette antipathie remonte
à quelques essais malheureux,
que M. Lombert entreprit à ses
dépens, sur la foi d'une gazette économique qui devoit
régénérer la surface du globe,
et qui ruina modestement un
libraire.

2°. Madame *Lombert*, ma-
riée au précédent il y a vingt-
trois ans, femme excellente sans
caractère, soumise sans mur-
mures, qui parle beaucoup,
mais dont on ne parle pas; esprit d'ailleurs sublime, depuis
la lessive jusqu'aux liqueurs de

ménage inclusivement. Autrefois elle mêloit son mot à toutes
les conversations, mais le cadre
un peu resserré de ses connoissances positives l'exposoit à des
méprises si réjouissantes, que
depuis lors elle a pris le parti
de refuser à la société un plaisir
dont elle faisoit tous les frais
sans espoir de retour. Son éloquence s'est naturellement re-
pliée sur les détails de sa maison
et de celles de ses voisines, et
l'on convient dans toute la ville
qu'elle traite ces matières avec
une abondance et une profon-
deur dont nul être vivant ne

peut se vanter d'avoir décou-
vert les bornes.

3°. M. *Lombert Desrochers*,
frère puîné de M. François
Lombert. Il a dans sa jeunesse
étudié la médecine ; mais ses
mains et sa conscience sont
pures de tout exercice de cette
profession. Tête ardente, demi-
orateur, demi-penseur, on le
déteste sur parole, et on l'aime
dès qu'on le connoît. Quand
vint le règne des comités, il fut
président du sien, fit beaucoup
de bruit et beaucoup de bien,
tint de mauvais discours pour
pouvoir impunément faire de

bonnes actions, et se compromit vingt fois le jour pour rendre service à ses calomniateurs. Il transforma en prison le seul couvent de la ville, y plaça avec soin des grilles, des verroux, des chiens, des guichetiers, et n'oublia qu'une chose, ce fut d'y enfermer quelqu'un. C'étoit un patriote sujet à bien des distractions.

4°. Mademois. *Agathe Lombert*, sa sœur, est arrivée à l'état de vieille fille, avec une réputation de virginité intacte, et avec une résignation qui ne laisse pas d'être très-louable.

5

Les derniers soupirs de sa co-
quetterie se sont confondus dans
les élans d'une dévotion vive et
minutieuse , qui l'occupe et la
rajeunit. D'un autre côté , elle
s'est défaite de la médisance en
faveur de la politique, et le com-
mérage des journaux suffit au
peu de malignité que la nature a
mis dans son cœur. Seulement
comme elle veille à la fois sur
les intérêts du ciel et sur ceux
de la terre, elle éprouve de violens scrupules quand il s'agit de
fixer leurs limites respectives, et
vraiment je ne serois point
étonné , qu'avec les plus hon-

nêtes intentions du monde , elle
n'eût pas quelquefois la main
assez ferme pour tenir la balance entre les deux pouvoirs.

5°. M. *Hector Lombert*, appelé communément dans la famille *M. le Chevalier*, cousin
de M. François Lombert , et
compagnon de son enfance ,
vieux militaire, cœur ferme et
tête foible , plein de franchise ,
de noblesse et de simplicité. Il
émigra avec son colonel, vit sa
femme périr de misère , et son
fils tué à ses côtés, combattit en
désespéré dans les légions roya-
les, tant que l'étendard fran-

çais flotta au milieu d'elles, et s'enfuit avec horreur quand il fallut passer sous une domination étrangère. Il revint dans sa patrie, qui oublia le passé, et chez son cousin, qui se souvint de leur folâtre amitié, et le reçut dans sa maison, comme un tendre frère. Son séjour en Germanie a exalté son penchant naturel pour les abstractions, et il peut maintenant se flatter d'être un philosophe transcendant, façon d'Allemagne, car tout le jour il fume, rêve, écrit, perfectionne l'absurde, et s'illumine de ténèbres.

6°. Mademoiselle *Charlotte*, est le seul fruit du mariage de M. François Lombert. C'est d'elle que Voltaire a dit d'avance :

Un 1 avec un 7
Font l'âge heureux de cet aimable objet.

Elle est blonde, mais sa bouche si petite, ses joues si rondes, son nez si vivement tourné, lui donnent tout le piquant des brunes. Il y a dans l'amour des petites filles, comme chacun sait, quatre âges bien distincts. D'abord elles aiment tout le monde; premier période. Vient

ensuite le sentiment de leur petit mérite, et alors elles s'aiment
elles-mêmes ; second période.
Puis un feu inconnu s'allume
dans leur sein, et alors elles
aiment, elles aiment beaucoup,
mais elles ne savent pas quoi ;
troisième période. Enfin l'é-
nigme s'explique, l'intelligence
s'éclaire ; elles aiment quelqu'un ; quatrième période que
mademoiselle *Charlotte* par-
court maintenant avec toutes
les forces de son cœur, avec
toute l'innocence de son caractère. Je me réjouis de ses pro-
grès, car pour nous autres dis-

ciples du grand Platon, l'amour est encore de la beauté. Si nous rencontrons une femme charmante et insensible, nous ressentons cette noble douleur que fait éprouver aux ames bien nées la vue d'un bel ouvrage qui reste imparfait.

7°. M. *de Maisongauche* est oncle maternel de mademoiselle Charlotte, et frère aîné de madame Lombert. Il manqua, il y a 35 ans, de plaider une cause. Son discours fut achevé le 20 mai 1769, et devoit remplir sept audiences. L'auteur avoit la parole de M. le Bailli

d'être entendu jusqu'au bout
sans interruption. Sa réputation et sa vanité vivent encore
aujourd'hui sur ce fonds res-
pectable. Cependant M. *de Maisongauche*, sans femme et sans
passions, professe un respect
superstitieux pour l'autorité du
passé, relit son plaidoyer une
fois par semaine, est doué d'un
entêtement durable et d'un ex-
térieur fort négligé. Ces circonstances réunies l'autorise-
roient, et au-delà, à prendre
dans le monde rang d'anti-
quaire; mais le nom de M. *l'A-
vocat*, par lequel toute la ville

a la galanterie de le désigner, a contenté jusqu'à ce jour son ambition.

Le lecteur connoît à présent les sept personnes de la famille. De quelque crédit que ce nombre ait toujours joui, je suis bien résolu à ne pas m'y attacher servilement. Si, chemin faisant, je rencontre quelque Lombert qui me soit échappé, j'en agirai comme ont fait MM. Herschell, Piazzi, Olbers et Harding. Ces astronomes, sans se soucier des vaines nomenclatures des savans qui les avoient précédés, ont introduit dans le monde quatre nouvelles planètes à qui Dieu fasse paix, ainsi qu'à la nôtre.

———

CHAPITRE II.

Dispositions.

La famille s'étoit réunie ce soir-là, suivant l'usage, dans le salon de M. Lombert. Madame Durenard, veuve du receveur des tailles, étoit la seule personne de l'assemblée en qui le sang des Lomberts ne coulât pas, quelles que fussent sur ce point les intentions un peu repréhensibles de M. Desrochers. Cette voisine venoit fréquemment partager les plaisirs de la

famille. Elle n'avoit ce jour-là
amené que son barbet, parce
que mademoiselle Victoire, sa
fille, étoit restée à la maison
pour répéter sa leçon de gui-
tare.

L'innocence et la liberté pré-
sidoient aux occupations de la
soirée.

M. Lombert refaisoit vingt
fois l'addition du compte de
son fermier, et secouoit les
oreilles avant de recommencer.

M. Desrochers jouoit aux
dames avec la voisine, dont les
genoux supportoient le damier.
Mais la perfide table ne man-

quoit jamais de se déranger aussi-tôt que la partie de M. Desrochers devenoit trop bonne.

M. le Chevalier, un coude appuyé sur la tablette de la cheminée, caressoit le dos du chat, et rêvoit, en sifflant, à la perfectibilité indéfinie de l'espèce humaine.

Mademoiselle Charlotte tiroit les cartes à son oncle l'avocat, qui demeuroit abîmé de surprise et de réflexion devant les prophéties de la petite fille.

Mademoiselle Agathe, une vieille gazette à la main, raisonnoit très-pertinemment sur

les destinées prochaines de la
Porte Ottomane, tandis qu'auprès d'elle, madame Lom-
bert filoit sur un rouet, dont
le bruit sourd et monotone,
tempéroit harmoniquement la
voix aigrelette de sa belle-sœur.

Ces groupes furent tout-à-
coup dérangés par l'arrivée d'un
messager, qui apportoit les lettres du chef-lieu de la préfec-
ture. Il en donna une à M. Lombert, une seconde à mademoiselle Charlotte; et appercevant
madame Durenard, il imagina
de s'épargner une course, en
lui en remettant une troisième,

adressée à mademoiselle sa fille.
Le Mercure en guêtres reçut le
port qui lui étoit dû, avala un
verre de vin bourru, que lui offrit mademoiselle Charlotte,
promit de revenir exactement
dans huit jours, et salua la com-
pagnie, en gravant sur le par-
quet, avec son soulier ferré, une
figure que les géomètres appel-
leront comme il leur plaira,
mais que je nommerai provisoi-
rement une courbe de politesse.

Un auteur superficiel, pour
qui l'amandement de son siècle
est indifférent, se hâteroit de
vous apprendre le contenu de

ces trois lettres ; mais nous, qui
avons bien une autre idée des
devoirs que la puissance de la
plume impose à ceux qui l'exer-
cent, nous arrêterons ici le lecteur pour lui communiquer
deux observations probablement très-morales.

D'abord il aura remarqué
que la poste n'arrive dans la
ville dont il s'agit qu'une fois
tous les huit jours. Or, a-t-il
calculé l'énorme influence que
cette seule particularité doit
avoir sur le caractère des habitans ? N'est-il pas évident que
dans les lieux où les nouvelles

arrivent tous les jours, la mo-
bilité des esprits et la légéreté
des jugemens en sont la suite
inévitable ? Si la résidence de
la famille Lombert est si riche
en bon sens et en mûres réflexions, qu'elle en rende grace
à la lenteur de son messager. A
Paris, on pense à la journée, et
dans le Jura, on pense à la semaine. La proportion de sagesse est de huit à un. Je le dis
sans rire, quand on entrepren-
dra tout de bon la guérison des
têtes françaises, la première
précaution à prendre sera d'en-
rayer la poste.

B

En second lieu , le lecteur n'aura peut-être pas vu sans scandale mademoiselle Charlotte Lombert , et mademoiselle Victoire Durenard , entretenir à leur âge des correspondances. Je sais que dans nos bonnes mœurs, une demoiselle bien née ne doit recevoir des lettres qu'en cachette , et par l'entremise de quelque mercenaire corrompu. Mais dans la Suisse et dans le Jura, les vertus sont si grossières, qu'elles laissent aux jeunes personnes une liberté qui les dispense de la ruse. Certainement, sans le délit de nos premiers pa=

rens, ce vilain amour n'eût jamais existé, et le genre humain se fût conservé par des moyens plus honnêtes. Mais enfin, puisque la chose est sans remède, les bonnes gens du pays dont je parle, s'y accoutument le plus doucement qu'ils peuvent. Les jeunes filles y reçoivent des lettres d'amour, mais elles les lisent avec leurs mères ; la porte est toute la journée ouverte aux soupirans, mais la nuit ils n'escaladent point les fenêtres. En tout genre, c'est la prohibition qui fait la contrebande, et la contrebande qui mène à tous les vices.

Voilà bien du temps perdu à
écrire des choses probablement
inutiles. Tâchons de le regagner
en abrégeant celles qui étoient
nécessaires. C'est une économie
à la mode , qui ne peut que me
faire honneur.

————

CHAPITRE III.

Lettres.

M. FERDINAND est un jeune homme de bonne mine, de belle espérance, et d'un esprit naturel fort agréable. Il est sorti depuis quelque temps de dessous la puissance d'un tuteur, qui lui a remis une fortune médiocre, mais solidement assise. Je ne sais pas quels succès il auroit obtenus dans une grande ville. Mais dans celle où habite la famille Lombert, et où lui-même a vu

3

le jour, il n'est pas un père qui ne le desirât pour gendre, pas une femme qui ne pas fût flattée de ses attentions, pas une fille qui n'eût de petites confidences à lui faire. Il est allé à Paris, suivre l'école d'un peintre célèbre. Il a cédé à cette fureur nouvelle, qui entraîne la jeunesse vers les arts du dessin, et qui produira parmi les artistes quelques hommes de génie, et des milliers de malheureux, et dans la nation un enthousiasme passager, suivi d'un long dégoût et d'une satiété incurable.

M. Ferdinand a toute la cha-

leur de tête, toutes les graces de
langage qui appartiennent à un
peintre passionné. Ce n'est pas
sans plaisir que j'ai quelquefois
causé avec lui dans la Galerie
du Muséum. En général, il se
borne à esquisser au crayon
quelques parties détachées des
innombrables tableaux , qui
dans ce sanctuaire gigantesque
accablent l'admiration. Je ne l'ai
vu qu'une fois copier une figure
avec un soin extrême, et ce pro-
cédé extraordinaire me révéla
le secret de son cœur. C'étoit
une tête du Parmesan, qui res-
semble parfaitement à celle de

mademoiselle Charlotte Lombert. Les curieux la trouveront à la quinzième travée à droite en entrant par la porte du salon.

Or , les trois lettres que le messager vient d'apporter, arrivent de Paris , et sont toutes trois écrites par M. Ferdinand , dans des styles bien opposés. On s'apperçoit que son cœur s'épanche avec mademoiselle Charlotte , que son esprit joue avec mademoiselle Victoire , et que sa tête raisonne avec M. Lombert. La première lettre est obscure , et contient des choses

que mademoiselle Charlotte
peut seule comprendre. Lais-
sons donc cette épître qui n'intéresse que deux personnes au
monde. D'Alembert a dit quelque part : Heureux les peuples
dont l'histoire ennuie ! Disons :
Heureux les amans dont l'entretien fait bâiller !

C'est la tante Agathe qui a
lu à haute voix, sur l'invitation de sa nièce, cette première
lettre : M. Lombert fait signe à
son frère de lire la sienne ; et
madame Durenard qui ne veut
pas être en reste de civilité, décachète celle de sa fille, et ré-

cite à la société ce qu'elle peut contenir d'intéressant. Si le lecteur suit avec patience l'extrait que je vais lui offrir des deux dernières, il y découvrira le germe de grands événemens pour les personnages de cette histoire.

Ferdinand raconte avec détail, à M. Lombert, tous les nouveaux embellissemens de Paris ; ces places imposantes, ces rues majestueuses, ces quais admirables , ces ponts , ces canaux qui se construisent de toutes parts, avec une rapidité qui tient du prodige; ces monumens négligés, Saint-Sulpice, Notre-Dame , l'Ecole de médecine etc. qui sont délivrés de leur hideux entourage, et naissent à une vie plus glorieuse ; ce Louvre lui - même qui ne fera plus répéter ce mot du comique Dufresny : *Si on t'avoit donné aux Capucins , tu serais achevé.*

Là-dessus, Ferdinand entreprend un parallèle fort bien senti, des travaux exécutés dans Paris , par Louis XIV , avec ceux que nous devons à l'empereur Napoléon. Les premiers sont plus somptueux , les se-

conds ont plus de véritable
grandeur ; ceux-là sont des merveilles de l'art qui veulent éton-
ner ; ceux-ci sont un emploi
vaste et utile des richesses na-
turelles ; les uns offrent des pa-
lais entourés de masures , em-
blême du pouvoir despotique ;
les autres présentent des plans
étendus , réguliers , salubres et
commodes à tous , emblêmes
d'un règne philanthropique. Le
monarque ne songea qu'à sa
gloire et le vulgaire en est ébloui ;
l'empereur s'occupe de la gloire
de sa nation , et le bon citoyen
en est attendri. Louis XIV laissa

de beaux monumens dans une
ville ordinaire ; Napoléon fera
de la ville elle-même le plus
beau monument de l'univers,
et la postérité jugera encore
mieux la différence qu'il y a
entre l'ame d'un roi, et le génie d'un grand homme.

Dans sa lettre à mademoi-
selle Victoire, Ferdinand fait
une description vive et amu-
sante, de l'exposition des ou-
vrages des artistes, au salon
du Louvre. Il cite avec com-
plaisance, trois charmans tableaux de Richard, de ce jeune
enchanteur à qui le dieu de

Moïse semble avoir légué sa
puissance de créer la lumière.
Il a parlé à quelques portraits
de Giraudet et de Robert Le-
fèvre, et il croit même qu'ils
lui ont répondu, tant la nature
est vivante dans tous leurs traits.
Mais il réserve son principal
hommage au tableau des pes-
tiférés de Jaffa. Ce ciel embra-
sé, dit-il, ces vapeurs de la con-
tagion, cette architecture des
déserts, me transportent bien
sur les sables dévorans de la
Syrie; mais la présence du grand
Général, mais cette action admirable exprimée parle pein-

tre , me transportent encore
mieux devant les plus belles
pages de Plutarque et de Quin-
te-Curce , et je m'applaudis de
voir un héros que nulle renommée ne surpasse.

Ce même tableau a donné lieu
à une anecdote que je vais raconter sur la parole de Ferdinand , et en usant de ses propres expressions. J'admirois ,
dit-il , cette éloquente compo-
sition de M. Gros , lorsqu'un
bourgeois et sa femme , ayant
chacun une de ces figures qui
ne naissent et ne s'habillent que
dans un certain quartier de Pa-

ris, se placèrent devant moi,
et commencèrent une conversation qu'il me fut facile d'entendre.

« Mon loup, dit la femme,
raconte - moi quelle est cette
grande histoire où il y a du
nu et du jaune ».

Le mari se recueille un
instant, et répond : « Ma mie,
c'est l'histoire du 18 brumaire ».

« Bah ! mon loup, cela n'est
pas possible ».

« Cela est très-possible, ma
femme, puisque je vous le dis.
Ne voyez-vous pas ces hommes

nus ou couverts de lambeaux,
et ces nattes déchirées ; c'est la
misère du peuple, en l'an 8 ;
ces murs dépouillés, représen-
tent l'état où étoient nos pau-
vres boutiques; et tous ces malheureux qui tendent les bras
pour avoir quelques mauvais
pains, doivent vous rappeler
la queue que vous faisiez à la
porte du boulanger ».

« Ah ! c'est bien vrai, mon
loup ; mais que fait-là ce turc
avec sa lancette » !

« C'est un Arabe, ma femme,
et il figure là pour tous les pil-
lards qui profitoient du dé-

sordre , et nous suçoient jusqu'au sang ».

« Mais , mon loup, pourquoi
ce grand aveugle qui va là sans
savoir où » ?

« Que Dieu lui pardonne, ma
femme ; c'est ce défunt gouvernement , qui n'y voyoit goutte
dans son Luxembourg, et sous
qui la pauvre nation se lassoit
de vaincre au-dehors , et ne
savoit se conduire au-dedans ».

« Je crois, mon loup, que tu
as raison ; je vois là l'empereur
avec son habit bleu, tout comme
à la parade ».

« Oui, ma femme, et remarque qu'il touche avec sa main les plaies du peuple. Ce n'a pas été peine perdue ; car le peuple est bien guéri. Il faudroit être maudit de Dieu, pour oublier jamais un si grand bienfait ».

« C'est bien dit, mon loup ; dimanche prochain j'amènerai ici nos enfans, et je leur expliquerai ce beau tableau du 18 brumaire ».

Les deux bourgeois s'éloignèrent, et s'ils ne me laissèrent pas une grande idée de leur sagacité dans l'intelligence des tableaux historiques, ils en sont bien dédommagés par un sens droit et un cœur juste.

Ces lettres de Ferdinand amusèrent agréablement la société. Elles se terminoient par des détails sur les préparatifs des fêtes du couronnement, sur l'immense concours des Français et des étrangers, dans les murs, trop étroits, de la capitale; sur l'avide empressement des hommes de toutes les classes à prendre part à ce mémorable événement. Quand les historiens, remarque Ferdinand, nous transportent au milieu de ces époques, où les Cyrus, les Vespa-

sien, les Charlemagne , furent
élevés sur le trône , pour le bonheur du genre humain , quelle
imagination ne regrette de n'a-
voir pu assister à ces pompes de
l'enthousiasme ! Eh bien ! com-
parez les temps et les lieux , le
caractère du héros , l'attitude
de l'Europe, l'état de la civili-
sation des hommes, et dites si
la création d'un empereur français , réservée à nos jours , n'a
pas quelque chose qui ébranle
davantage la pensée, qui ouvre
un plus profond avenir, et si
la jalouse postérité ne nous en-
viera pas ces temps féconds en

merveilles, et ces spectacles rares et éclatans, qui exaltent les ames, nourrissent les imaginations, et retentissent au loin !

A la lecture de ce passage, M. Lombert se leva de son siége, et ce mouvement, qui annonçoit ordinairement, de sa part, la communication prochaine de quelques paroles, commanda une attention générale. En effet, il ne s'écoula pas un intervalle bien considérable avant que M. Lombert prononçât, avec la lenteur perfectionnée de son pays, les mots suivans:

« Mon parti est pris; si toute la

» famille y consent, nous irons
» ensemble à Paris voir les fêtes
» impériales; mais je ne veux
» ni contraindre personne, ni
» me séparer d'aucun de vous.
» Dans cinq jours, à sept heu-
» res du matin, nous partirons
» tous, ou il n'en sera plus ques-
» tion ».

CHAPITRE IV.

Intrigue.

QUAND M. Lombert eût cessé de parler, il reprit, dans son fauteuil, sa première attitude ; mademoiselle Charlotte commença un petit cri, qu'elle retint, en rougissant ; madame Durenard pâlit, et les autres firent silence.

On peut , sans une pénétration extraordinaire, rendre raison de ces divers mouvemens.

M. Lombert s'est assis, parce

que le motif pour lequel il s'é-
toit levé ne subsistoit plus, et
que l'effet doit cesser avec la
cause.

Mademoiselle Charlotte a
rougi, parce qu'elle n'a d'abord
pensé, ni à Paris, ni aux fêtes du
couronnement, mais à M. Ferdinand, et qu'il est honnête de
rougir, toutes les fois qu'on s'occupe d'un plaisir, qui ne doit
pas être partagé au même degré
par les personnes qui vous re-
gardent ou vous écoutent.

Les autres parens se sont tus,
parce que le silence est favo-
rable à la méditation, et que la

C

méditation est la suite nécessaire d'une proposition faite
brusquement, et dont l'avantage ou l'inconvénient se présente d'abord à l'esprit sous plusieurs faces.

Madame Durenard a pâli,
parce que depuis long-temps
elle a disposé, dans sa tête, le
mariage de sa fille avec M. Ferdinand, et parce qu'elle a bien
senti que si la famille Lombert
fait le voyage de Paris, que des
affaires particulières ne lui per-
mettent pas à elle-même d'entreprendre, mademoiselle Charlotte en reviendra madame Fer-

dinand, suivant tous les calculs de probabilité.

Ainsi, dans ces simples paroles, *irons-nous à Paris ?* se trouve comprise cette autre question, bien plus intéressante : Mademoiselle Charlotte épousera-t-elle M. Ferdinand, ou mourra-t-elle de douleur ?

Les parties en présence sont, d'un côté, mademoiselle Charlotte avec ses graces, sa jeunesse, son inexpérience, et l'affection bienveillante qu'inspire l'ingénuité de son amour ; et de l'autre côté, madame Durenard, avec son habileté, sa souplesse,

son usage du monde, et sa per-
sévérance maternelle.

Les élémens sur lesquels il
s'agit d'opérer, sont la volonté, les goûts, les préjugés
des membres de la famille, et
dans ce champ de l'intrigue,
les moindres succès auront une
bien grande importance, puisque l'unanimité est de rigueur,
et que le refus d'une seule voix
comble les avides souhaits de
madame Durenard, et brise
les espérances de mademoiselle
Charlotte.

Il ne doit plus être question
de M. Lombert; l'oracle s'est

expliqué par sa bouche ; dans cinq jours, à sept heures du matin, toute la famille est-elle prête ? il partira. N'est-on pas prêt ? il restera. Mais dans tous les cas, il n'en parlera plus ; car il n'entre pas dans ses idées, que ce qu'il a une fois prononcé, puisse être jamais modifié par aucune considération. Si M. Lombert eût argumenté dans les jours glorieux de la scolastique, son nom ne fût arrivé jusqu'à nous qu'avec le beau titre de Docteur *irréfragable*. C'est dommage qu'il soit né trop tard. Je connois beaucoup d'honnêtes gens, frappés de la même calamité, et qui ne réussissent à rien, parce que leur esprit est d'un siècle, et leur vie est d'un autre.

Quant à madame Lombert, toute la maison sait d'avance ce qu'elle dira et ce qu'elle fera. A ceux qui lui conseilleront le voyage, elle parlera de sa robe de parure, de son manchon de renard, et du bel effet que cela doit produire dans Paris. A ceux qui l'engageront à rester, elle dira qu'en effet son absence nuiroit beaucoup à l'achat de ses provisions d'hiver ;

que ses confitures périclite-
roient, que son cochon seroit
mal salé, et sur-tout que sa li-
queur d'eau de noix, privée de
ses soins, exposeroit la famille
à manquer de soulagement dans
ses coliques. Mais dans le fait,
riant tout bas et grondant tout
haut, contente par-ci, mécon-
tente par-là, elle fera ce que
font presque tous les hommes
qui s'imaginent lui être bien
supérieurs, elle suivra la foule,
et si l'on part, son paquet sera
le premier fait.

Aussi ce n'est pas pour ce caractère mou que madame Dure-

nard a tendu ses filets. Le cousin émigré, le frère républicain, la tente dévote et le lé-
giste entêté, lui donnent des
espérances bien plus légitimes.
Le génie du mal, toujours plus
éveillé que celui du bien, l'a
mise en mouvement dès le matin. Déjà elle a conféré avec le
chevalier, la tante Agathe et
l'avocat. Son esprit astucieux
se repliant comme le serpent,
a, tour à tour, versé le miel et
soufflé le poison. Elle représente
le voyage de Paris, dans une
telle circonstance, comme une
action grave, qui intéresse l'hon-

neur et la probité ; elle traite la présence aux fêtes du couronnement de trahison envers le souverain légitime. Elle s'adresse à la loyauté du militaire, à la religion de la tante, à l'érudition de l'avocat. Elle les éblouit, les subjugue, et les laisse dans les dispositions les plus convenables au succès de sa perfidie.

Elle n'a pas encore daigné voir M. Desrochers : elle lui fera demain une visite pour la forme. Un patriote ! un républicain ! C'est un homme sûr : cela n'aime pas les couronnes. Ainsi madame Durenard ne

5

doute plus de son triomphe, et la quiétude du succès brille dans ses yeux et repose ses traits malins. Elle rencontre mademoiselle Charlotte. « Ah ! ma » bonne amie, que tu es heureu- » se ! tu vas voir Paris ! « Je serois » désespérée de ton absence, si » je n'étois accoutumée à regar- » der les plaisirs de mes amis » comme les miens. Viens nous » voir tous les jours, je veux » arranger moi-même ton cha- » peau de voyage ; il faut que » tu fasses honneur au pays. Ah ! » petite friponne, nos inté- » rêts sont en bonnes mains ».

Après ces douces paroles destinées à jeter dans l'ame de
la jeune fille une dangereuse
sécurité, elle la serre sur son
cœur palpitant de haine, et lui
donne le baiser le plus tendre
et le plus faux dont jamais lè-
vres de courtisan aient fait retentir la galerie de Versailles.

Cette madame Durenard est
donc un monstre ? Point du
tout. Demandez au monde ce
qu'il en pense: « C'est, vous dira-
» t-on, une bonne et respecta-
» ble mère qui remplit son de-
» voir le plus saint, et cherche
» à établir sa fille ». Courage,

6

messieurs ; vous êtes dans la
bonne voie ; imposez les vertus
aux célibataires. Aussi, que ne se
marioient-ils pour être méchans
avec honneur, et parer leurs propres vices des couleurs de l'a-
mour paternel ? j'ai trois enfans
en si bas âge , que je ne me suis
pas encore occupé de leur sort.
Mais je vous en avertis, prenez
garde à vous , je vais devenir
bon père. D'abord je me jette
tête baissée dans les plus noirs
défilés de l'intrigue et de l'ambition pour établir mon fils
aîné; c'est un droit qui m'a été
acquis le jour de sa naissance.

En second lieu, personne ne
trouvera mauvais que pour do-
ter ma fille, je ne devienne ava-
re, et ne préfère à ma ruine celle
des étourdis qui m'emprunte-
ront de l'argent. Ensuite puis-je
faire moins que de me rendre
hypocrite et calomniateur, pour
placer mon fils cadet, qui est
vraiment aimable? Enfin, si par
bonheur ma femme me donne
un quatrième enfant, me voilà
tout-à-fait à mon aise, et mes
créanciers permettront que je
les paie d'une banqueroute, afin
de procurer quelques douceurs
au cher petit.

CHAPITRE V.

Dialogue.

Qu'ils sont heureux les commentateurs, les traducteurs, les poëtes d'almanachs, les romanciers modernes! toute la journée leur appartient; à quelque heure qu'ils attèlent, leur sillon n'en est pas plus mal fait; au contraire, les orateurs, les lyriques, les dramatiques, tous ceux qui manient le feu des passions et le fouet de la satire, ne peuvent saisir la plume que dans le silence de la nuit, et après que l'agitation de la journée a tendu leurs fibres et vaporisé leur sang. Tandis que les philolosophes, les moralistes, les littérateurs de goût, ne trouvent que dans la fraîcheur du matin l'enchaînement des idées, la clarté de la pensée, la pureté des inventions, des images et des sentimens. Si donc vous ne voulez être importun à aucune de ces trois espèces d'écrivains, n'allez chez les premiers que par invitation; ne visitez les seconds que le matin, et ne vous présentez que le soir aux troisièmes.

Mais à quelle heure faut-il entrer chez M. Desrochers ? Voilà précisément ce que ne savoit pas madame Durenard, ainsi que chacun peut en juger par quelques fragmens de leur entretien.

mad. DURENARD.

Je vous dérange, voisin ?

M. DESROCHERS.

Vous parlez à coup sûr, voisine.

mad. DURENARD.

Je reviendrai, car vous n'allez pas à Paris ?

M. DESROCHERS.

Peut-être.

mad. DURENARD.

J'en suis certaine: vous n'aimez pas ce qui se fait.

M. DESROCHERS.

Beaucoup plus que ce qui se dit.

mad. DURENARD.

Vos patriotes nous avoient promis autre chose.

M. DESROCHERS.

Que voulez-vous ? nous avions cru les hommes meil-

leurs. Mais, il faut l'avouer, ils
ne valent pas grand'chose.

mad. DURENARD.

A qui dites-vous cela, voisin ?

M. DESROCHERS.

L'expérience a été un creu-
set où les brillantes chimères et
les principes exagérés ont dé-
posé leur alliage. Le clinquant
a disparu, l'or est resté.

mad. DURENARD.

Au moins ce n'est pas pour
vous.

M. DESROCHERS.

Mais j'en ai ma part comme tous les Français.

mad. DURENARD.

Vous l'avez payée cher.

M. DESROCHERS.

J'en conviens. La navigation a été périlleuse. Nous nous étions embarqués avec la monarchie constitutionnelle; nous avons été battus de la tempête avec la République; nous avons louvoyé et fait eau de toutes parts avec le directoire; nous

avons jeté l'ancre avec le con-
sulat, mais nous ne tenions qu'à
un cable, le roulis étoit péni-
ble, et nous souffrions fort du
mal de mer; enfin, nous dé-
barquons avec l'empire, sur
une côte, belle et fertile, que
la gloire protège, et qu'habite
la sécurité. Nous nous y tenons;
car pour être ardens, nous ne
sommes ni aveugles, ni ingrats,
ni insensés.

mad. DURENARD.

Quoi! vous croyez qu'il étoit
impossible d'obtenir un autre
bon dénouement?

M. DESROCHERS.

Je le crois fermement. Le désordre a un terme, et le chaos lui-même n'a pas été éternel. Notre ouvrage ne pouvoit plus subsister; il s'agissoit de décider sans délai et sans retour, entre les fanatiques qui vouloient *détruire* la révolution, et les sages qui vouloient la *terminer*, ce qui est fort différent. Les révolutions ne se *détruisent* que par des révolutions nouvelles. La France livrée à ses déserteurs, eût vu les vainqueurs de l'Europe indignement dégradés, des

millions de propriétaires nouveaux dépouillés, les perfidies
de l'étranger payées par l'abandon de nos plus belles provin-
ces, et toute une génération
mutilée par des nobles affamés,
des prêtres furieux, et des par-
lementaires implacables. Au
contraire, les révolutions se *ter-
minent* par l'ordre, la paix, et
une plus grande énergie dans la
vie politique des états. Voyez
en quatre années notre terri-
toire agrandi, le nom français
respecté, plus de loix utiles ac-
cordées, plus de grands travaux
entrepris que pendant un demi-

siècle de l'ancienne monarchie.
Une vigoureuse jeunesse a rem-
placé une lâche caducité.

mad. DURENARD.

Ou je me trompe, ou vos
principes n'ont pas toujours été
les mêmes.

M. DESROCHERS.

Je vous garantis qu'ils n'ont
pas changé. Regardez ma jambe
et les muscles qui la font mou-
voir. Si j'ai un fossé à franchir,
ces muscles se contractent, opè-
rent un grand effort, et rentrent
après le saut dans leur position

naturelle. Vous ne pouvez pas dire que mes muscles aient changé dans cette circonstance, mais seulement qu'ils se sont exercés suivant leur destination et le besoin différent que j'en avois. Une révolution est aussi un fossé qu'on ne franchit pas sans contracter ses muscles; mais ils se détendent d'eux-mêmes quand le sol devient uni. Car, à moins d'être fou, on ne marche pas comme on saute.

mad. DURENARD.

Je crois, mon cher Desrochers, que vous ne sauterez

plus qu'en arrière. Vous déguisez mal votre foiblesse.

M. DESROCHERS.

Entendons - nous , madame Durenard. Quand un roi a une guerre à entreprendre ou à soutenir , il fait des levées d'hommes extraordinaires , il accumule des provisions de tout genre, il publie des manifestes violens ; enfin, il se met de toute manière, sur ce qu'on appelle le pied de guerre. Mais quand las de s'être battu , ou content de ce qu'il a gagné , il signe une paix assez juste pour être dura-

D

ble, alors il licencie les hommes inutiles, il vend les magasins, supprime les ambulances, et retablit les relations amicales. Direz-vous que ce roi est foible et qu'il saute en arrière ?

mad. DURENARD.

Bien loin de là, j'approuve sa prudence, et je le loue de faire son devoir.

M. DESROCHERS.

Eh bien ! louez-nous donc, car c'est le cas où nous sommes. En 1789, nous demandâmes d'abord des choses justes, et on

les refusa. Alors nous voulûmes tout, parce qu'on n'ac-
cordoit rien ; nous voulûmes
trop pour avoir assez. Nous
exagérâmes le bien et le mal,
et la République fut inventée
comme machine de guerre.

mad. DURENARD.

Vous l'avez nommée par son
véritable nom.

M. DESROCHERS.

Enfin, un homme extraordinaire est venu, qui a calmé les
esprits, rappelé les exilés, fait
justice à tous. Son gouverne-

ment a été un concordat où
chaque parti a retrouvé ce qu'il
y avoit de raisonnable dans ses
prétentions. Rien de ce que
nous désirions en 1789 n'y a
été omis, abolition de la féoda-
lité, de la dîme, des priviléges
de naissance, des coutumes, et
des douanes intérieures ; établissement d'autorités nationa-
les, corps représentatif, éga-
lité des droits et des contribu-
tions, &c. Il faudroit être ma-
niaque pour se dire encore
mécontent. Aussi nous avons
fait comme ce roi, dont vous
vantiez tout à l'heure la con-

duite , nous avons désarmé. En
mon particulier, je suis certain.
que mon courage et mes principes ont toujours été les mêmes ; seulement quand on se
battoit , ils étoient sur le pied
de guerre , et à présent je les
ai mis sur le pied de paix.

mad. DURENARD.

Je crois, en vérité, que vous
ne dites pas tout ce que vous y
avez mis.

'Après ce sarcasme, madame
Durenard sortit en jetant sur
le voisin un coup-d'œil de dé-
dain très-expressif, mais fort

maladroit ; cette saillie d'humeur, dont elle n'avoit pas été maîtresse, annonce de sa part un génie assez étroit pour les grandes affaires. En général, dans les colères de province, comme dans tout le mal qui s'y fait . il y a je ne sais quoi d'inculte et de décousu, qui touche encore à l'état de barbarie. Sincèrement un juge impartial ne peut estimer le vice qu'à Paris.

Depuis cette visite, M. Desrochers ajouta au désir innocent de voir les fêtes du couronnement, le désir malin de contrarier par là madame Du-

renard. Il étoit dans ces dispositions , lorsque mademoiselle
Charlotte entra chez lui, avec
une sorte d'émotion qui ne lui
étoit pas ordinaire. Mon oncle,
lui dit-elle, faites-moi le plaisir
d'envoyer sur le champ votre
domestique Henri, porter cette
lettre à six lieues d'ici, au château de Surgey, pour M. Normal, bâtonnier de l'ordre des
avocats de Besançon, et d'y at-
tendre la réponse. — Bah ! ma
nièce, qu'as-tu donc de si pressé
à demander à cet avocat ? —
Une consultation, mon oncle.—
Tu as un procès ? — Oui, mon

4

oncle , entre la troisième et la quatrième dynastie. — Quelle rêverie! explique-toi plus clairement : — C'est pourtant bien clair. Je suis allée chez mon oncle *Maisongauche* , pour l'engager à ne pas empêcher le voyage de Paris : mais il m'a répondu que cela étoit impossible , parce qu'il falloit auparavant juger le point de droit , entre la nouvelle dynastie et l'ancienne, et que celle-ci avoit en sa faveur une loi des *Pandectes* (c'est bien le nom qu'il a dit) , qu'il respectoit d'autant plus qu'il l'avoit citée il y a trente-cinq ans, dans son plaidoyer. Là-dessus je me suis mise à pleurer ; ce que voyant mon oncle, il a pleuré aussi, et il m'a dit, que pour me prouver que ce n'étoit pas mauvaise volonté de sa part, il s'en rapporteroit à la décision de son ancien maître, M. Normal, bâtonnier des avocats et l'aigle du barreau, qui faisoit actuellement ses vendanges au château de Surgey. Alors il a écrit le petit mémoire que voici, et que je vous prie d'envoyer tout de suite à ce bâtonnier, qui est un aigle. — Mais, ma nièce, il me

5

semble que ma voix compte
ici pour quelque chose , et que
tu devois t'adresser à moi aussi
bien qu'à M. Maisongauche. —
Pardon , mon oncle , si je n'ai
pas osé. Avec votre grosse voix
et votre nez rouge , vous êtes
un de ces démons si méchans....
si méchans , qu'on en fait tout
ce qu'on veut. — Allons, tu te
moques de moi ; tu es une bonne
fille , je souhaite que tu réus-
sisses. Mais je redoute terrible-
ment pour toi ma sœur la dévote , et mon cousin le chevalier. Je ne leur parlerai pas ,
parce que je me connois, et que

je gâterois tes affaires. Mais je
vais sur le champ faire partir
Henri , avec ordre exprès de
rester à Surgey , jusqu'à ce qu'il
tienne la consultation. — Attendez, il est essentiel que j'écrive
un petit mot sur l'enveloppe. —
Elle prit la mauvaise plume de
son oncle , et traça les mots
suivans :

« MONSIEUR ;

» Je vous prie de donner en
» conscience , un avis bien fa-
» vorable à mon oncle. Il faut
» que votre décision ait redressé
» son jugement lundi prochain,

6

» avant que sept heures son-
» nent à la pendule de mon papa.
» Ayez sur - tout la complai-
» sance d'engager MM. *les Pan-*
» *dectes* , à me permettre d'al-
» ler à Paris , et comptez sur
» la reconnoissance infinie de ,

　» Votre très-humble et très-
» obéissante servante ,

　　» CHARLOTTE LOMBERT ».

CHAPITRE VI.

Monologue.

LES philosophes qui ont traité de l'origine du langage , n'ont pas décidé si les discours que tient un homme quand il est seul , sont un abus antisocial , ou l'exercice légitime d'une faculté naturelle. S'ils eussent embrassé la première opinion , j'aurois défendu la seconde. Il me semble en effet que le monologue est un soulagement indiqué par la nature aux caractères timides , qui n'osent pas s'exprimer dans le monde , aux esprits obscurs que nul ne sau‑ roit comprendre , aux bavards sans richesse ou sans place que personne n'est forcé d'écouter , aux hommes défians , atrabi‑ laires , ou trop passionnés pour souffrir des confidens ; enfin à tout faiseur d'écritures qui em‑ ploie ce moyen pour mûrir sa pensée , essayer sa phrase , et quelquefois la chercher. De tous les peuples , le Français est le moins soliloque (1) , parce qu'il

_____

(1) L'Académie n'emploie le mot *so‑ liloque* que pour exprimer le discours

est le plus sociable. De tous les
idiomes, l'allemand invite le
plus aux monologues, parce
qu'il est le plus vague et le plus
riche. Le comte Alfieri, talent
dur et bizarre, qui fit égale-
ment violence à la mollesse
de la langue italienne et à la

---

d'un homme qui s'entretient seul. Il me
semble qu'il seroit plus conséquent de
l'appliquer, comme je l'ai fait, à la personne elle-même, et d'appeler *soliloque*
celui qui parle seul, comme on appelle
ventriloque celui qui parle du ventre. Le
mot *soliloque*, dans le sens de l'Académie,
fait double emploi avec celui de *monologue*, et d'ailleurs il faudroit, pour res-
pecter l'analogie, dire *solilogue*, comme
on dit *monologue* et *dialogue*.

vraisemblance du poëme dra-
matique , est l'écrivain qui a
eu le plus de part aux monologues du dix-huitième siècle.
Je crois pourtant qu'il en a
moins écrit durant toute sa vie,
que M. le chevalier Lombert
n'en fait en vingt-quatre heures
depuis son retour d'émigration.

La famille fut d'abord un
peu étonnée du bruit qu'on
entendoit dans la chambre du
cousin. Un jour, entr'autres, que
la rumeur étoit plus animée,
on vint écouter avec attention. Il ne s'agissoit de rien
moins que d'un duel , et les

champions sur le pré s'apos-
trophoient en style homérique.
On se jeta avec effroi dans la
chambre du chevalier; il y étoit
seul, assis devant le feu, et la
tête reposée sur le dos de son
fauteuil. C'est dans cette pos-
ture innocente que ce brave
homme improvisoit sans danger les combats, la philosophie,
la politique, et tous ces autres
rêves dont se compose la vie
humaine. La méprise fit beaucoup rire, et depuis lors, quand
les mêmes scènes se renou-
vellent, on se contente dans la
maison de dire en plaisantant :

C'est M. le Chevalier qui as-
semble son conseil. Au reste,
je préfère bien ce vieux militaire qui s'entretient tout haut
avec les solives de son plancher,
à ces pédans du grand monde,
qui, nous traitant aussi comme
des solives, parlent toujours et
ne conversent jamais, font des
tirades et point de réponses, et
roulent dans un salon comme
une chaire ambulante. L'orgueil, l'égoïsme et une sorte de
talent sans flexibilité, caracté-
risent ces implacables soliloques
de société.

Mademoiselle Charlotte pas-

sant près de la chambre de M. le
chevalier, entendit le conseil
en pleine délibération, et soup-
çonna, non sans raison, que le
voyage de Paris étoit la matière
que traitoit l'assemblée. Elle
parvint sans bruit derrière une
porte vitrée légèrement entr'ouverte, et put assister à la
séance en loge grillée. Le chevalier, après quelques tours
dans sa chambre, s'étoit assis
machinalement sur un tabou-
ret. Sa tête se penchoit par intervalle sous différens angles;
sa jambe droite reposoit en
équilibre sur le genou gauche,

tandis qu'à l'extrémité sa pan-
toufle étoit vivement agitée par
le seul mouvement de l'orteil,
comme autrefois la perruque
du musicien Handel frémissoit
sur la tête de ce compositeur,
aussi-tôt que celle-ci entroit en
fermentation.

Le chevalier commença par
définir les devoirs d'un citoyen
envers son roi et envers sa patrie.

Il rappela sa constante fidé-
lité pour Louis XVI et pour
son fils, et tout ce qu'il avoit
souffert pour leur cause, soit
de l'ascendant des armes fran-

çaises, soit des mépris de l'étranger.

Il lui parut démontré que les
puissances de l'Europe s'étoient
joué sans relâche des Bourbons,
et avoient consommé leur ruine
politique, en ne cessant de pro-
voquer la France à se donner
un chef et un gouvernement
régulier.

Il prouva que maintenant le
retour de ces princes seroit une
calamité, soit pour la France,
qu'on verroit avilie, démem-
brée, et noyée dans le sang,
soit pour ces princes eux-mêmes,
qui ne trouveroient sur le trône

reconquis qu'une vie de tourmens et une prompte catas-
trophe. Les temps sont changés ;
il faut, pour régir ce peuple,
encore brûlant de quinze années d'effervescence, un homme
d'une trempe plus neuve, un
homme nourri loin des préjugés des cours, et loin des dé-
lices de la royauté.

Il fit des vœux touchans pour
qu'un jour la politique euro-
péenne pût assigner à ces fu-
gitifs un établissement digne
d'eux. Leur sort actuel lui parut, au reste, moins déplo-
rable que l'irréflexion ne se le

figure communément. L'intérêt qui s'attache aux infortunes
célèbres, porte dans les ames
élevées une consolation plus
douce peut-être que les jouissances monotones du pouvoir.

Il jugea que l'ordre des destinées, la nécessité des choses,
et l'immuable intérêt de la patrie, éloignoient à jamais de la
France la dynastie bourbo-
nienne, et y affermissoient sans
retour celle d'un libérateur et
d'un grand homme, et cette
opinion lui parut consacrée par
les suffrages les plus illustres.

Il cita entre beaucoup d'au-

tres, ce Cazalès, qui représenta
si bien dans l'assemblée consti-
tuante, l'éloquence, la franchise et la probité, et qui, dans
un vote solennel et motivé,
s'est réuni au concours de tous
les vrais Français, pour appeler
à l'empire la dynastie *napoléenne*.

Il cita l'exemple pareil donné
par l'abbé de Pradt, neveu du
cardinal de La Rochefoucault,
par cet homme qui porta des
idées justes et souvent neuves
dans toutes les matières dont il
s'occupa; qui fut le conseil des
Français émigrés, et quelque-

fois des généraux eux-mêmes,
et que dans leur exil ils se plai-
soient à comparer à la colonne
lumineuse marchant devant les
tribus fugitives d'Israël.

S'élevant ensuite à de plus
grandes idées, il vit au-dessus
de l'empire, l'empereur lui-
même, l'éclat qui l'environne,
le cortège de gloire et de ser-
vices qui l'accompagne, son
coup-d'œil qui abrège tout,
ses mots qui décident tout, sa
justice, sa munificence, et cette
puissance de tête et de travail
qui surpasse les forces humaines.
Tandis que l'empereur d'Alle-

E

magne s'empresse d'imiter ses
conceptions ; tandis qu'une
cour de princes est venue lui
rendre hommage dans Mayence
comme au modérateur de l'Europe; tandis que des peuples,
naguère étrangers et vaincus,
l'ont accueilli par-tout avec
une explosion de joie et d'enthousiasme qui ne sembloit plus
possible aux nations modernes;
résister encore à la fortune d'un
tel homme, et méconnoître ses
droits, c'est se réduire au rôle
d'un pygmée mutin et ridicule.

Le passage de ces différentes
idées avoit peu à peu animé

M. le chevalier. Il s'étoit levé,
et faisoit évaporer en gestes
l'excédent de calorique que son
monologue lui avoit procuré.
Mademoiselle Charlotte n'étoit
pas moins agitée; et qui l'eût
considérée pendant le cours du
débat, eût toujours pu juger en
faveur de quelle dynastie penchoit l'orateur. J'aime à lire
l'émotion d'un joli visage, et,
dans un concert, je ne manque
pas d'attacher mes regards sur
le plus mobile. D'autres se bor-
nent à entendre la musique, et
moi je la vois dans le miroir
que j'ai choisi. L'expression qui

2

s'y peint, les mouvemens qui
s'y succèdent, dirigent mon
goût et m'avertissent de sentir.
L'œil me dédommage de l'in-
dolence de mon oreille, et la
mélodie descend dans mon cœur
par deux chemins. Si vous êtes
inquiets de savoir comment je
m'y prendrai pour revenir de
cette digression au fait de M. le
chevalier, vous allez juger que
rien n'est plus facile.

M. le chevalier ayant trop
gesticulé, tomba dans une pro-
fonde rêverie, et il y rencon-
tra, suivant l'usage, ces fan-
tômes de perfection chiméri-

que dont les sectes allemandes
avoient meublé quelques cases
de son cerveau. Il commença
tout de bon à trembler pour le
sort du genre humain dans quelques mille ans, si la dynastie napoléenne possédoit l'empire des
Français. Le chef de cette famille a, dit-il, dans les idées,
un positif désespérant. Il ne
veut raisonner que là où la raison commence; il préfère les
leçons de l'expérience aux pro-
messes de l'imagination, et je
le soupçonne d'aspirer à rendre
le peuple heureux, plutôt qu'à
le refaire à neuf sur les plans

de Platon, de Thomas Morus
et de Harrington (1). N'a-t-il pas
déjà approuvé que les Français
s'habillassent à la française? Ne
nous a-t-il pas donné un code
adapté à nos vieilles habitudes
et à nos vils besoins, mais qui
n'eût convenu, ni aux Perses, ni

―――――――――――――

(1) Cette passion de rendre le peuple
heureux, constitue la véritable popularité. Ce fut celle de Trajan, d'Antonin
et de Marc-Aurèle. Elle diffère essentiellement de la popularité des démo-
crates, qui consiste à aider le peuple à se
rendre malheureux par lui-même. Ce
fut celle des Rienzi, des Mazaniello, et
nous en sommes désabusés pour long-
temps.

aux Crétois, ni aux Spartiates?
Avec un tel guide, on se trouve,
il est vrai, assez bien sur terre;
mais on ne s'élève pas dans les
nuages; on ne plonge pas dans
le dernier avenir; le transcen-
dantisme perd son temps, et la
mélancolie son crédit.

Après cette sortie, qui avoit
couvert mademoiselle Charlotte
d'une sueur froide, le chevalier se rappela brusquement
que le génie de Bonaparte étoit
la seule digue qui retînt encore
l'avarice anglaise débordée sur
toutes les parties du monde;
il s'enflamma pour cette guerre

4

généreuse , qui devoit rendre
aux nations la propriété des
mers , et punir les crimes de
Quiberon. Oui , oui , s'écria-
t-il , j'irai voir poser la cou-
ronne sur le front du nouveau
Guillaume , et si ensuite le général des grenadiers , ce Junot
que parmi les plus braves on
appelleroit encore le brave ,
daigne me recevoir dans sa
troupe invincible , la victoire
ne séparera pas nos destinées.
Partons.

Alors le chevalier, fortement
préoccupé de sa résolution ,
empoigna des deux mains un

banc de bois qui étoit placé
contre la fenêtre, le fit passer
entre ses jambes, et lui impri-
ma un mouvement de petit ga-
lop très-agréable, comme autrefois le vénérable d'Aguesseau
caracoloit sur un bâton au milieu de ses enfans. « A Paris,
» crioit le chevalier en don-
» nant de l'éperon. Mais je
» crois que Charlotte seroit
» bien aise d'être du voyage. A
» moi, petite cousine, saute en
» croupe. C'est ainsi que les de-
» moiselles en usoient avec les
» nobles chevaliers ».

La pauvre Charlotte s'enten-

5

dant appeler par M. le chevalier, crut innocemment qu'il
l'avoit vue, et qu'il l'invitoit à
partager son folâtre passe-temps.
Elle pousse aussitôt la porte, et
ne fait qu'un saut sur le banc.
Le chevalier, stupéfait, laisse
le coursier échapper de ses
mains, et contemple la cousine
avec un étonnement qui la
rend bien confuse. Mais bientôt un double éclat de rire tient
lieu d'explication, et l'homme
aux monologues assure à la petite que le conseil est levé, et
que le départ pour Paris y a été
décrété à une grande majorité.

CHAPITRE VII.

Sermon.

Déja le vacarme des cloches annonçoit le jour du repos, et les fidèles se préparoient, par les soins de la parure, à l'heure de la prière. A la faveur de cette familiarité que les travaux de la toilette établissent toujours entre les femmes, mademoiselle Charlotte tâchoit de lier avec sa tante Agathe, une négociation décisive. Usant des petites ruses de son âge, elle sondoit le ter-

6

rain; mais les malignes insinua-
tions de madame Durenard y
avoient mieux germé que chez
le patriote Desrochers et le chevalier Lombert. Aussi la dévote,
gourmée comme un ambassa-
deur qui veut la guerre, ne
laissoit échapper que des réponses courtes et évasives, et faisoit partager à sa nièce l'ai-
greur qu'elle avoit coutume
de réserver toute entière pour
MM. Pitt et Woronzow, lorsqu'ils ne gouvernoient pas le
monde à sa fantaisie. Enfin pour
ultimatum la diplomatie nais-
sante de mademoiselle Charlotte

fut toute déconcertée par l'ordre intimé sèchement de venir
à la messe. La jeune fille, le
cœur gros et les yeux chargés
de deux larmes mal retenues,
oublia ses heures et ses gants,
laissa traîner sa robe, et suivit
sa tante à l'église avec cette in-
différence qu'enracine ordinairement dans l'ame des enfans
la maladresse des parens dé-
vots.

Les plaisirs sur lesquels on
a trop compté sont rarement
ceux qu'on obtient, et souvent
d'un ennui prévu sort une jouis-
sance inespérée. Mademoiselle

Charlotte qui s'étoit bien promis de bâiller au sermon, y fut au contraire très-éveillée; les députés de la garde du canton qui devoient assister au sacre de l'empereur, étoient venus à l'office recevoir la bénédiction du départ, et cette circonstance extraordinaire servoit de texte à l'exhortation du curé. Ce pasteur, vieilli dans l'exercice des vertus et l'épreuve des malheurs, est le meilleur ami de tous ses paroissiens : son éloquence remarquable par l'onction et la simplicité, chauffe et pénètre les cœurs; son corps élevé , sa tête vénérable et sa figure pleine d'une touchante inspiration , me rappellent la beauté presque idéale du pasteur de Zurich , du célèbre Lavater , le plus beau vieillard dont l'aspect m'ait jamais frappé. J'éprouve un véritable regret à ne pouvoir transcrire ici qu'un informe abrégé du discours qu'il prononça.

« Mes enfans, dit-il, en s'adressant aux députés, il m'est permis d'envier le bonheur qui vous est réservé, d'assister à la plus auguste cérémonie dans l'ordre politique et religieux.

Vous verrez le souverain pontife remplir les mystères sacrés
avec une pompe et une majesté
qui vous sont inconnues. Des
incrédules et des dissidens, té-
moins de ces divines solennités,
m'ont souvent avoué que rien
de plus grand n'avoit touché
leur ame, et ils gémissoient de
ne pas croire.

» Vous verrez le chef d'une
dynastie nouvelle se charger du
bonheur des Français, et la religion doit éclairer votre conscience sur ce changement mémorable de vos destinées. Que
l'impie croie dans son délire

qu'un aveugle hasard gouverne
le monde; pour nous, à qui
Dieu lui-même s'est révélé,
nous savons que sa providence
est le seul agent des grands événemens. L'illustre Bossuet nous
a dit que c'est Dieu qui donne et
qui retire la puissance aux rois,
et que ces leçons terribles sont
les décrets de sa sagesse. Ce fut
à la cour d'un monarque absolu
que ce saint orateur fit souvent
retentir dans ses phrases prophé-
tiques, la chute des empires et
le renversement des trônes.

» La religion confidente de
ces hautes pensées, y trouva

toujours la règle de ses devoirs.
Elle versa l'huile sainte sur
Clovis, sur Pepin, sur Hugues
Capet, comme pour annoncer
au monde que les familles des
rois s'évanouissent, et que la
religion seule reste debout. Malheur à l'homme aveugle qui
méconnoîtroit aujourd'hui la
volonté divine dans l'élévation
d'un héros, opérée par tant de
prodiges, de sagesse et de vic-
toires!

» N'est-ce pas lui qui dans la
chaleur de l'âge et des passions,
et à la tête d'une armée victo-
rieuse, vit les murs de la cité

sainte, et par une sorte d'inspiration céleste, refusa d'y intro-
duire ses légions ; rassura le
père des fidèles, et négligea de
triompher dans cette Rome antique qu'un connétable de Bour-
bon livra le dernier aux plus
affreux outrages. Le doigt de
Dieu n'est-il pas marqué dans
cette destinée qui ramène aujourd'hui le souverain pontife
consacrer son libérateur sur le
trône de Charlemagne ?

» N'est-ce pas lui qui, simple
général , protégea les pasteurs
exilés de la France, qui, premier consul , retira la religion

des cavernes, brisa les fers de
ses ministres, et la rétablit dans
ses temples, pure, clémente et
consolée ? Puis-je oublier que
j'expiois alors dans les marais
de la Guiane, la délicatesse de
ma conscience et le courage de
quelques vertus ? Nous étions
plusieurs cents, que dévoroit ce
climat homicide, quand tout-
à-coup les noms de Bonaparte
et de liberté retentirent jusqu'au
fond de nos cœurs. Nous tom-
bâmes tous à genoux, et, le-
vant au ciel des bras affoiblis
et des yeux inondés de larmes
de joie, nous lui demandâmes,

au nom de tous nos malheurs,
au nom des martyrs que nos
mains avoient déjà déposés dans
la tombe , de veiller sur les
jours de ce grand homme , de
lui conserver le pouvoir de faire
le bonheur public , et de rele-
ver pour lui le trône abandonné des Français.

» Sans doute , dans le silence
des déserts , la prière monte
plus facilement aux cieux. Je
bénis la Providence de m'avoir
conservé pour ces jours de
reconnòissance et d'amour. Il
m'est bien doux , mes enfans ,
d'être témoin de l'ivresse où le

même sentiment a plongé vos cœurs. J'atteste ces cheveux blanchis par l'âge et la douleur, que la vérité seule est sortie de ma bouche; et si je ne l'ai pas exprimée plus dignement, n'en accusez que la foiblesse de mes talens. Au lieu d'une éloquence qui ne m'a pas été accordée, j'emploierai l'autorité d'une des lumières vivantes de l'église, d'un cardinal qui n'arriva à cette dignité que par son courage célèbre à défendre les droits de la religion et de la monarchie ».

Lettre de S. E. le cardinal Maury, évêque de Monte-Fiascone et de Borneto, à S. M. I. Napoléon Ier,

« SIRE,

» C'est par sentiment autant
» que par devoir, que je me
» réunis loyalement à tous les
» membres du sacré collége,
» pour supplier votre V. M. I.
» d'agréer avec bonté et con-
» fiance mes sincères félicita-
» tions sur son avénement au
» trône. Le salut public doit
» être dans tous les temps la

» suprême loi des esprits rai-
» sonnables. Je suis Français ,
» Sire ; je veux l'être toujours.
» J'ai constamment et haute-
» ment professé que le gouver-
» nement de la France étoit ,
» sous tous ses rapports , essen-
» tiellement monarchique. C'est
» une opinion à laquelle je n'ai
» cessé de me rallier avant que
» la nécessité de ce régime nous
» fût généralement démontrée
» par tant de désastres, et que
» les conquêtes de V. M. , qui
» ont si glorieusement reculé
» nos frontières , eussent en-
» core augmenté dans un si

» vaste empire le besoin mani-
» feste de cette unité de pou-
» voir.

» Nul Français n'a donc, plus
» que moi, le droit d'applaudir
» au rétablissement d'un trône
» héréditaire dans ma patrie ,
» puisque j'ai toujours pensé
» que toute autre forme de
» gouvernement ne seroit ja-
» mais pour elle qu'une inter-
» mittente et incurable anar-
» chie. Je me trouve ainsi , à
» la fin de notre révolution ,
» sur la même ligne des prin-
» cipes que j'ai défendus au fré-
» quent péril de ma vie depuis

F

» le premier jour de son ori-
» gine et durant tout son cours.
» Je sens vivement, Sire, dans
» ce moment sur-tout, le bon-
» heur de n'être que consé-
» quent et fidèle à mon inva-
» riable doctrine, en déposant
» aux pieds de V. M. I. l'hom-
» mage de mon adhésion pleine
» et entière au vœu national
» qui vient de l'appeler à la su-
» prême puissance impériale,
» et d'assurer solidement la
» tranquillité de l'avenir, en
» assignant à son auguste fa-
» mille un si magnifique hé-
» ritage. Un diadême d'empe-

» reur orne justement et digne-
» ment, à mes yeux, le front
» d'un héros qui, après avoir
» été si souvent couronné par
» la victoire, a su se soutenir
» par son rare génie, dans la
» législation, dans l'adminis-
» tration et la politique, à la
» hauteur de sa renommée
» toujours croissante, en ré-
» tablissant la religion dans
» son empire, en illustrant le
» nom Français dans tous les
» genres de gloire, et en ter-
» rassant cet esprit de faction
» et de trouble qui perpétuoit
» les fléaux de la révolution

2

» en la recommençant tou-
» jours.

» Je suis avec le respect le
» plus profond, sire, de V. M. I.,
» le très-humble, très-obéissant,
» très-dévoué et très-fidèle ser-
» viteur, *Jean Sifrein*, car-
» dinal MAURY, *évêque de*
» *Monte-Fiascone et de Bor-*
» *neto.*

» Monte Fiascone, le 12 août ».

Les transports que le sermon
avoit préparés éclatèrent dans
les cérémonies qui le suivirent,
et les cris répétés de *vive l'em-*
pereur, se mêlèrent sans scan-

dale à la voix des chantres et au mugissement du serpent paroissial. Quoique mademoiselle Charlotte s'abandonnât volontiers à ce mouvement général, son œil, adroitement détourné, n'épioit pas moins, sur le visage de sa tante, l'embarras et l'émotion qui croissoient par degrés. Le cardinal Maury, accoutumé à de plus grands triomphes, avoit mis en déroute la politique de mademoiselle Agathe; le curé avoit alarmé sa conscience; et la dévote, trop foible contre de tels assaillans, ne cherchoit plus qu'à sauver, dans

la capitulation, le plus d'amour-
propre qu'il se pourroit. Mademoiselle Charlotte avoit trop
de générosité pour abuser de sa
position, et trop de bon sens
pour pousser à bout un en-
nemi vaincu. Quelques regards,
échangés officiellement entre la
nièce et la tante, leur suffirent
pour s'entendre. Heureux le
temps de mes jeunes amours,
où les traités les plus difficiles
se concluoient aussi sans le secours de la parole!

Avant la fin de l'office, une
vieille femme s'approcha de mademoiselle Charlotte, et d'une

main décharnée, sollicita quelque aumône. La jeune fille, qui avoit des poches et de l'innocence, tendit à la vieille une pièce de monnoie, et rejeta à terre un billet, que cette mendiante lui avoit subtilement glissé entre les doigts. Comme les regards de la tante se portèrent alors de ce côté, la vieille ramassa le billet, et s'éloigna d'un air mécontent.

Je ne sais point encore quelles étoient les intentions de cette femme, mais je n'attends rien de bon de ces lépreux du temple, que protége une aveu-

gle superstition , et qui font
dire aux philosophes que la
mendicité est catholique, et le
travail protestant. J'ai connu
autrefois un évêque qui avoit
décoré de médailles les gueux
de son église, et fait du monopole de la mendicité le privi-
lége de cette singulière cheva-
lerie. Jamais canaille plus inso-
lente ne souilla les parvis sacrés,
et un pauvre non décoré, qui se
fût approché des murs de la ca-
thédrale, eût été infailliblement
mis en pièces par cette jalouse
noblesse. Si je ne professois le
respect pour la dignité de l'hom-

me, j'étonnerois le lecteur par
un parallèle, aussi étrange que
fidèle, du caractère et des
mœurs des mendians d'Europe,
des sauvages d'Amérique, et de
ces tribus d'animaux, domesti-
ques et libres, hargneux et vo-
races, qui se sont partagé les
rues de Constantinople, du
Caire et d'Alexandrie.

———

~~~~~~~~~~~~~~~~~~~~~~~~~~~~~~~~

CHAPITRE VIII.

Consultation.

Un avocat distingué d'un par-
lement de province, avoit émigré, non pour fuir la mort ou
la liberté, mais pour suivre
des cliens qu'il chérissoit. Il continua de diriger leurs affaires,
tant qu'ils en eurent, et de leur
prêter de l'argent, tant qu'il en
eut. Alors il sentit vivement
quelle lacune dangereuse existe
dans toute éducation dont l'ap-
prentissage d'un métier n'a pas

fait partie. Rousseau, qui l'a-
voit dit, fut traité de fou, ainsi
que doit l'être tout homme
plus sage que son siècle.

Cependant cet avocat avoit
de la fermeté dans le caractère
et des ressources dans l'esprit.
Désespérant de débiter aux Al-
lemands son papier en consul-
tations, il s'avisa de le leur ven-
dre en lanternes, ce qui est
une autre manière de distri-
buer la lumière aux hommes.

Il établit sa fabrique dans
une petite ville de la Forêt noire.
Ses lanternes firent fortune,
par l'idée qu'il eut de les en-

luminer de figures grotesques,
qui séduisirent toute la petite
noblesse d'Allemagne, très-ja-
louse, comme on sait, de pro-
téger les beaux arts. Le juris-
consulte fit des envois de tous
côtés, et je ne doute pas que
nombre d'honnêtes Westpha-
liens, Bohèmes et Bavarois, ne
lui doivent l'avantage de ne
s'être pas ensevelis le soir dans
les boues de leur chère patrie.

L'étendue de ses affaires mit
notre fabricant dans le cas d'em-
ployer beaucoup de bras. Il
donna la préférence à plusieurs
dames émigrées, dont la haute

noblesse faisoit alors la haute misère. Elles lui demandèrent un paiement supérieur à celui des ouvriers du pays, et il n'eut pas la force de le refuser. Ensuite, se trouvant réunies, elles sacrifièrent beaucoup de temps aux graves minuties de leur vie précédente, et l'on vit reparoître parmi elles, les tabourets, les visites, les présentations; mais telle est la grace inimitable des femmes françaises, que la sublime science des courtisans de Versailles ne parut point déplacée au milieu de la Forêt noire, dans une manufacture de lanternes de papier.

Cependant il est vraisemblable que l'étiquette et la prodigalité eussent fini par ruiner la fabrique, si l'astre brillant qui s'éleva sur la France le 18 brumaire, n'y eût rappelé l'avocat et ses cliens. Ceux-ci s'occupent à réparer leur naufrage et à bénir leur bienfaiteur; l'autre continue à être, par ses lumières et sa probité, l'oracle des honnêtes gens de sa province.

Telle est l'histoire de M. Normal, qui fait actuellement les vendanges au château de Sur-

gey , et dont la consultation est
attendue avec une impatience
inexprimable par une jeune
personné de la famille Lombert. Hélas! tout est tranquille
dans la maison : elle seule s'a-
gite. Combien de fois a-t-elle
monté d'un étage à l'autre ?
combien de fenêtres a-t-elle ou-
vertes ? combien de secondes a-
t-elle comptées depuis que la
pendule a sonné six heures et
demie ? Enfin un point imper-
ceptible se détache de l'hori-
zon. Il accourt, il approche, il
s'éclaircit. C'est lui ! c'est Henri ! Charlotte se précipite dans

la chambre de son oncle maternel, et lui annonce le retour
du messager, avec une agitation difficile à peindre. Elle se
fût sincèrement évanouie, si
un plus grand intérêt ne lui en
eût fait sentir les inconvéniens.
La pauvre petite ne sait pas encore que l'évanouissement est
la situation la plus prudente où
une femme sensible puisse tout
entendre, voir venir et déli-
bérer.

Enfin le domestique est en-
tré; M. Maisongauche reçoit le
paquet, et le décachète. Il passe
sur une lettre de politesse que

lui écrit son confrère avec son urbanité accoutumée, et va droit à la consultation, dont il fait lecture à haute voix, en présence de sa nièce, qui tremble de l'interrompre, même par sa respiration.

« *Le conseil soussigné*, invité à s'expliquer sur la légitimité des droits de la nouvelle dynastie, appelée au trône par le peuple français, trouve la solution demandée dans les principes mêmes du droit positif.

« Si l'on considère la puissance royale comme une commission instituée par le peuple lui-même, et pour ses propres intérêts, elle participe à la nature du mandat qui se révoque par la volonté dont il émane, et s'anéantit par la fuite du mandataire ou son intelligence avec les ennemis du commettant.

» Si au lieu de cette opinion assez séduisante dans ses principes, mais fatale dans ses conséquences, on s'en tient à cette théorie plus absolue, qui regarde le trône comme la propriété d'une famille; il faut chercher quelles régles du droit lui sont applicables.

» Sans doute on ne trouvera ni le titre, ni le vendeur primitif de cette espèce de propriété. Sa base unique est dans la prescription, et cette garantie est assez belle ; l'ordre social n'en a pas d'autres, et c'est avec raison que les jurisconsultes ont appelé la prescription *la tutrice du genre humain*. C'est donc dans cette balance particulière qu'il faut peser la cause des dynasties.

» Or on pouroit dire qu'une des conditions de la prescription, c'est que la possession ne soit point interrompue, et que

dans notre thèse il y a eu grande
et vaste interruption. On pourroit ajouter que l'on ne pres-
crit, ni contre les nations qui
sont toujours réputées mineu-
res, ni pour les choses d'un
usage essentiellement commun,
telles que l'air, la mer, les fleu-
ves, et le besoin d'un gouvernement pour toute espèce de
société.

» Mais sans nous arrêter à ces
argumens partiels, cherchons
les moyens de décider dans la
nature même de la prescription.

» La prescription, essentiel-

lement tutélaire et conserva-
trice a une action purement
présente et stationnaire. Elle
protége ce qui est, uniquement
parce qu'il est, et tant qu'il est.
Pendant que vous possédez, elle
vous investit de ce respect et
de cette force d'opinion que les
hommes et les loix sont conve-
nus de lui accorder; mais quand
malgré son secours vous n'avez
pas su vous maintenir dans votre possession, n'attendez plus
rien d'elle. Car ce qui n'est plus
et ce qui sera, lui sont égale-
ment odieux; elle agiroit contre sa nature en appuyant vos

tardives prétentions , et déjà
elle a passé au service de votre
successeur. Au moment de la
chute du dernier roi Carlovin-
gien , la prescription qui avoit
protégé jusqu'alors les descen-
dans de Charlemagne , commença à courir en faveur d'Hugues Capet et de sa race. Il n'est
aucun royaliste qui ne le dise
hautement. Or la parité est
exacte, et il n'y a plus de prescription à invoquer aujour-
d'hui , que celle qui déjà cou-
vre des bords de son égide la
dynastie Napoléenne.

» La nation fut toujours pé-

nétrée de ces vérités, et l'histoire nous offre deux circonstances qui n'ont point été assez
remarquées, et qui doivent for-
mer en ce moment deux points
de repos inébranlables pour
l'opinion publique.

» En premier lieu deux dynasties ont disparu en France
avant les Bourbons, sans que
leur chute ait été accompa-
gnée d'aucun trouble vraiment
dangereux. Ces mutations loin
d'affoiblir le gouvernement et
de ruiner la patrie, ont procuré au premier plus d'énergie, et à la seconde une pé-

riode de bonheur plus ou moins longue.

» En second lieu, il est digne d'observation , qu'aucune de nos dynasties dépossédées, n'est rentrée même passagèrement dans la moindre partie de son héritage, quoiqu'on trouve chez d'autres peuples des exemples contraires.

» Le même esprit qui diri-gea nos aïeux , subsiste encore parmi nous , et garantit les mêmes résultats. Tous les hom-mes doués de quelque sagacité, et qui jusqu'à ces derniers temps avoient suivi le parti des prin-

ces français dépossédés , leur
ont peut-être conservé comme
particuliers des sentimens d'affection qu'on ne sauroit blâ-
mer, mais ils ont entièrement
abandonné leur cause politique , et décrié leurs vaines prétentions.

» Ainsi l'opinion et la possession se réunissent , pour lé-
gitimer un changement naturel , nécessaire , demandé par
l'Europe , sanctionné par elle ,
prévu et prédit depuis quinze
ans. De pareilles idées ne peuvent répugner qu'à ces têtes
étroites qui n'ont rien vu , rien

G

lu, et qui s'imaginent que les hommes, la nature et le tems, sont immobiles comme leur esprit. Quel nom donneroit-on à l'avocat, qui, après que sa cause a été perdue et que les juges se sont retirés, continue-roit à plaider à outrance contre les bancs, dans l'auditoire dé-sert »?.....

En ce moment sept heures sonnent. M. Maisongauche n'a pas besoin de finir la lecture de la consultation, et il court à sa fenêtre en s'écriant; « *Jacques,* attèle ». Jacques est le nom du garçon de charrue, qui est venu

la veille, sur l'ordre de madame
Lombert. Il a amené la jument
de la ferme, bête paisible et vigoureuse à la tête lourde et
aux jambes velues, caractères
distinctifs de son espèce dans
les vallées du Jura. Il vient de
préparer la charette légère de
Franche - Comté, montée sur
quatre roues, et qui prend le
nom de carriole, aussitôt qu'une
toile soutenue par deux cer-
ceaux en forme l'impériale. Sur
cette voiture longue et étroite,
les voyageurs sont assis dos à
dos. En Irlande cela s'appelle
un *vis-à-vis conjugal.* Mais à

la gloire du Jura, il ne s'y est pas trouvé un bel-esprit assez corrompu pour inventer cette méchante plaisanterie.

En un clin d'œil M. Lombert et sa femme, mademoiselle Agathe , mademoiselle Charlotte, M. Desrochers , M. Maisongauche et monsieur le Chelier arrivent auprès du modeste équipage, sans bruit, sans s'être concertés , et chacun portant son paquet. Si un d'eux eût manqué au rendez-vous , les autres eussent remporté leur sac , fussent rentrés dans leurs chambres comme ils en étoient

sortis , et le voyage étoit fini
sans autre explication. Voilà
sans doute une singulière famille. Ce n'est pourtant là
qu'une de ses moindres bizar-
reries , et vous refuseriez de
me croire , si je racontois tout
ce que j'en sais.

Tandis que l'industrieux Jacques dispose en maître l'amé-
nagement de la carriole , et si-
gnale sa sagacité en trouvant
dans l'embarras des paquets ,
des ressources pour la mollesse,
plusieurs voisins viennent faire
leurs adieux à la famille. On
distingue dans le nombre ma-

3

dame Durenard et sa fille, qui
par de feintes caresses, dissi-
mulent mal l'étonnement et le
dépit que leur cause ce voyage.
Elles croyoient en effet l'avoir
rompu par une complication
d'intrigues, dont ma plume trop
accoutumée aux idées libéra-
les, n'a pas eu la force de pu-
blier les noirceurs. Cependant
j'apperçois dans la foule cette
vieille mendiante, qui la veille
n'a pu faire prendre un billet
à mademoiselle Charlotte, et
qui vient de le laisser subtilement tomber dans la poche du
tablier de cette jeune fille. La

pauvre enfant est si contente ,
qu'elle ne s'est apperçue de rien.
Les gens heureux sont d'avance
à moitié trompés.

Pendant que ces choses se
passent, les voisins rôdent atten-
tivement autour de la voiture,
et, la mesurant tantôt de l'œil,
et tantôt avec la canne, il leur
paroît géométriquement impossible que sept personnes et
le conducteur, y puissent avoir
place , et déjà la plus grosse
tête du pays prédit que madame Lombert et sa fille reste-
ront pour jouer le reversi en
province. Cette conjecture ré-

veille aussi-tôt, sur le visage de madame Durenard, ce rire d'iniquité dont le spectacle torture les gens de bien. Quant à moi, je suis fort rassuré ; la carriole fût-elle encore moins large et la famille plus nombreuse, personne ne restera. Tandis que les voyageurs vont s'arranger sur la frêle machine, j'ai le temps de vous raconter un fait sur lequel se fonde ma sécurité.

J'étois au château de ******, près de Paris. Un matin, en ouvrant ma fenêtre, je vois la pelouse couverte d'un essaim de petites filles de six à douze ans. J'en compte trente-trois. C'étoient les pensionnaires d'un établissement gratuit , fondé et entretenu à Paris par l'in-génieuse bienfaisance de la maîtresse du château , et qui étoient venues ce jour-là jouir de sa présence. Je descendis au milieu d'elles , et je fus agréa-blement frappé par l'air de pro-preté, de bonheur et de santé qui étoit commun à toutes. Mais ce qui me surprit da-vantage , fut de trouver parmi des enfans indigens , une réu-nion d'aussi charmantes figures,

5

et je ne pus expliquer ce phé-
nomène, qu'en l'attribuant à
l'influence naturelle de leur
belle et jeune fondatrice.

Cependant la matinée avoit
été pluvieuse, et je demandai
comment la petite troupe étoit
venue. On me répondit que
les deux maîtresses les avoient
amenées dans une seule voiture,
et je ne voulus pas le croire. On
me montra la voiture, et je le
crus bien moins encore. C'étoit
un de ces cabriolets alongés,
traînés par deux chevaux, et
montés sur deux roues, qui
transportent toute l'année le

peuple français dans les envi-
rons de sa capitale. Je m'étois si
hautement récrié contre l'in-
vraisemblance du rapport qu'on
m'avoit fait, que lorsque le
pétulant essaim eut terminé ses
jeux, on m'invita à être-té-
moin de son départ. Or, voici
ce que j'ai vu : Les deux maîtresses, dont l'une étoit d'une
haute taille, montèrent d'abord
dans le cabriolet. On y fit entrer
successivement les trente-trois
petites filles, bien comptées.
Tout se plaça, tout s'ajusta par
des moyens que je ne conçois
pas. C'étoit un spectacle tou-

6

chant et singulier, que ce nid
ambulant de tant de jolies petites créatures. Quand les chevaux marchèrent, les trente-
cinq têtes témoignèrent, par un
mouvement doux et en har-
monie avec celui du char, que
tout s'étoit assis dans un équilibre convenable.

Ainsi mon incrédulité fut
vaincue par l'évidence. Je sen-
tis alors qu'il y a dans les êtres
doués de la vie, une puissance et
des facultés qui déroutent constamment nos combinaisons.
Que sera-ce donc quand la
science, ne bornant pas ses

erreurs à la physique, voudra
encore soumettre nos passions
et nos intérêts, et régler la mo-
rale et la politique avec ses
chiffres et son compas? On com-
poseroit un long chapitre des
sottises que le calcul a fait faire
dans les matières incalculables.
Que voyant la manière dont
Protagoras avoit chargé son fa-
got, Démocrite devine que ce
bûcheron est un grand philosophe, à la bonne heure; mais,
pour dieu, messieurs les philosophes, daignez croire qu'il
n'est pas aussi aisé d'arranger
des hommes que des fagots ».

~~~~~~~~~~~~~~~~~~~~~~~~~~~~~~~~

CHAPITRE IX.

Dispute.

On croit assez communément qu'on ne voyage qu'en changeant de place, et que pour voir le monde il faut voir du pays. Mais des gens d'esprit m'ont assuré qu'on atteint beaucoup mieux ce but en s'établissant pensionnaire dans une table d'hôte, lanterne magique perpétuelle où passent en revue les peuples, les langues, les états, les préjugés, les origi-

naux et les meilleurs menteurs
du globe.

Plus nous comparerons les
deux méthodes, mieux nous
connoîtrons la supériorité de
la dernière. Elle est d'abord in-
finiment moins coûteuse, et
c'est une considération pour les
gens raisonnables. Ensuite elle
est plus noble ; car dans l'autre
manière, c'est le voyageur qui
fait le tour du monde, et dans
celle-ci, c'est le monde qui fait
le tour du voyageur. Enfin ,
mettez en parallèle leurs divers
résultats. Voyez ce gentilhomme
qui a visité l'Europe sans omettre

une seule des particularités que
lui recommandoient les itiné-
raires imprimés à l'usage de la
jeune noblesse ; qu'a-t-il gagné
à faire manger ses guinées par
des chevaux de poste ? La plus
belle chance pour lui, s'il n'est
parti que simple sot, a été de
revenir avec la dignité de fat.

Remarquez, au contraire,
dans le haut de cette table cet
homme dont la serviette étoit
roulée dans un ruban, et dont
la parole caustique, l'œil de
lynx et la lèvre amincie, sont
dans une perpétuelle action. Depuis quinze ans, il interroge

deux fois par jour, à la même
place, cinquante ou soixante
étrangers nouveaux, qu'il regarde comme autant de pour-
voyeurs subalternes, chargés
d'approvisionner sa mémoire.
Aussi quelle finesse de tact !
quel trésor de connoissances !
D'un regard il sait votre pays
et votre métier. D'un mot que
vous prononcez, il devine la
mesure de votre esprit et tout
ce que vous allez dire. De quelque pays que vous lui parliez,
il en connoit mieux que vous
l'histoire naturelle et commer-
ciale, l'état des canaux et grands

chemins, la statistique des théâ-
tres, le caractère des ministres,
les secrets de la cour, le prix
courant du blé, les foiblesses des
jolies femmes , et le tarif de la
contrebande. Nous possédons
un ouvrage très - répandu et
fort amusant, intitulé le *Voyageur français*. On prétend que
l'abbé de Laporte l'écrivit dans
un grenier de la rue Saint-
Jacques. Mais tout annonce qu'il
fut médité ailleurs, tant ses qua-
rante volumes exhalent la table
d'hôte dans toute sa richesse.

Si à ce préambule le lecteur
s'imagine que la famille Lom-

bert vient d'arriver dans une
auberge, que Jacques panse la
jument, et qu'une cloche fêlée
annonce que le dîner est servi,
le lecteur aura deviné juste.
Chacun se presse autour de la
table, dans un grotesque mé-
lange de nations, de costumes,
et de caractères. L'un est vêtu
de fourrures, et l'autre de toile;
celle-ci est coiffée à la grecque,
et celle-là en bonnet de nuit.
Une religieuse est pressée entre
un capitaine de cavalerie et une
revendeuse à la toilette; plus
loin, un gros huissier de village
va briser de son coude une pe-

tite muse de province toute pê-
trie de mignardise. Place à ce
Monsieur qui s'échappe des
mains du barbier , et répand
tous les parfums du savon de
Grasse. Enfin , on est assis, on
découpe , on dévore en silence.
Les plus glorieux servent les
dames , voient disparoître les
plats, et meurent de faim et de
politesse; tandis qu'assis au coin
de la table un étourdi de sous-
lieutenant dit grand mal de la
cuisine , grand bien de la servante , mange d'une main et
fait l'amour de l'autre.

Quand la grosse faim fut appaisée , le second besoin des Français se fit sentir. Le babil commença , d'abord confus et décousu. Comme personne n'écoutoit , chacun osa parler. A l'exception de M. Lombert , tous les membres de la famille dirent leur mot, qui sera malheureusement perdu pour la postérité, avec les chefs - d'œuvre de tant d'illustres contemporains.

Cependant la conversation ne peut manquer de prendre bientôt un intérêt général, puisque tous les convives se rendent à Paris , et qu'un même sentiment les anime. Ce concours n'a

rien de surprenant dans ces
jours de grandeur et d'alé-
gresse, où la France va ressaisir
le titre auguste qu'avoit laissé
périr la foiblesse des enfans de
Charlemagne. De même que
dans les belles opérations de la
pensée, les esprits de vie bouil-
lonnent et s'élèvent au cerveau
par mille chemins divers, de
même un peuple nombreux
remplit en ce moment les routes
de l'empire, comme autant d'ar-
tères du corps politique, et afflue
avec chaleur aux grandes solennités de la capitale.

C'est sur-tout dans de telles cir-

constances qu'une table d'hôte
représente assez naïvement la
situation de tout l'État. Au milieu des propos bruyans, une
voix s'élève, et propose de
boire à la santé de l'Empereur.
On y répond par une approba-
tion unanime; mais un des convives ajoute : « Sans doute cette
» santé est dans tous nos vœux,
» mais je réclame, à plus d'un
» titre, l'honneur d'y présider.
» — Et moi aussi, s'écrie-t-on
» de toutes parts ». A ce signal le
bruit redouble, les voix se croi-
sent, les esprits s'échauffent,
et la guerre civile plane sur

toute la table. Les servantes sus-
pendent leur office ; le chat s'enfuit, et le dogue de l'auberge
pousse un de ces hurlemens
ossianiques, qui ravissent en
extase les idolâtres de la litté-
rature du Nord.

J'ai toujours remarqué dans
les assemblées de Français, que
l'art de se taire y est beaucoup
plus estimé que celui de parler.
Aussi quand un homme consi-
déré pour son long silence, y
ouvre la bouche pour la première fois, il est sûr d'exercer
dans toute sa force une influence
qu'il n'a pas vainement dissi-

pée. M. Lombert en fit l'heu-
reuse épreuve , car son entremise inattendue calma l'effervescence des prétendans , et il
fut convenu qu'ils exposeroient
tour-à-tour leurs raisons, entre
lesquelles le tribunal de la table
d'hôte jugeroit sans déplacer.

Je suis manufacturier de
Lyon , dit le premier. J'y com-
mandois une batterie pendant le
siége , et maintenant je voyage
avec ma valise d'échantillons.
Comme Lyonnais , nous devons
tout à Napoléon. Il releva nos
ruines , consola nos malheurs ;
fit expirer la vengeance dans nos

H

cœurs attendris, et nous rendit
heureux de notre propre reconnoissance. Comme manufactu-
riers, nous retrouvons dans lui
le génie de Colbert, plus vaste
et plus profond, qui dans toute
la France ranime les ateliers,
protège les inventions, proscrit
le monopole anglais, ouvre à
notre industrie chez l'étranger
des chemins jonchés de lauriers,
et réveille parmi nous ces goûts
délicats ou magnifiques qui con-
viennent au premier peuple,
au premier empire de l'Europe.
Gloire au restaurateur de Lyon
et du commerce français!

Doucement, M. le fabricant, reprit alors un soldat mutilé d'un bras, et portant à sa boutonnière l'aigle d'honneur; avez-vous, comme moi, suivi pendant dix ans notre brave Empereur, entre la flamme et le fer, les neiges de la Carinthie et les feux de l'Egypte, à Monte-note, à Lody, à Arcole, à Ri-voli, aux Pyramides, à Abouc-kir, à Maringo ? L'avez-vous vu brillant dans les combats, calme dans les dangers, regarder comme l'aigle, voler comme l'éclair, frapper comme la fou-dre, faire souvent plus de pri-

2

sonniers qu'il n'avoit de soldats,
être par-tout le maître de la fortune et le père de ses troupes ?
C'est ainsi qu'il a balayé les ennemis de la France, et posé au
loin ses nobles limites. J'en ai
reçu le prix de la valeur, et je
possède dans le camp de nos
vétérans, en Piémont, une jolie
maison et une femme char-
mante ; voilà mes titres. Mor-
bleu, MM., songez que dans
un soldat mutilé, le bras qui
lui reste est un fils unique à qui
la préférence est due.

La paix a aussi ses conquêtes, dit un ingénieur, enve-

loppé de son uniforme presque militaire. Nous sommes quatre mille qui n'avons plus de repos. Je ne pourrois vous nombrer les routes, les ports, les ponts, les écluses de mer , les canaux, les digues, qui se construisent de toutes parts. Je vous garantis qu'avant vingt ans , la valeur du sol de la France aura doublé. J'arrive des Alpes , où j'ai vu achever des travaux que la postérité attribuera aux géants. J'ai cherché dans ces montagnes le passage d'Annibal , et je n'ai pu le découvrir. Certes ! Napoléon ne laissera pas à nos

neveux le même embarras. Où
ce grand homme imprime ses
pas , les traces durent long-
temps.

Je suis impatient de parler ,
s'écria un petit homme noir et
brusque. Marin et Breton ,
j'aime dans l'Empereur l'en-
nemi de l'anglais, et le vengeur
de notre pavillon. Je vous prédis
son génie et ses succès ; je l'ai
vu travailler dans Boulogne , et
son petit canot portoit la victoire. N'a-t-il pas fendu impunément les flots de la Méditerra-
née ? N'a-t-il pas créé une tac-
tique navale , qui déconcerte

les tyrans de la mer ? Si on
eût écouté son admirable pré-
voyance , le nom d'Abouckir
seroit-il fameux autrement que
par une victoire ? Je vous le
répète, cet homme est né pour
être ce qu'il voudra. Neptune
n'aura pas plus de secrets pour
lui que n'en a eu Mars. Cette
ceinture de fer, qu'il a tendue
de Brest à Flessingue , enfer-
mera tôt ou tard l'île des pi-
rates.

Plusieurs aspirans prirent encore la parole. Un censeur de ly-
cée parla de l'instruction publique tant de fois promise, tant

4

de fois manquée, et s'asseyant
enfin sur des bases avouées par
la raison et l'expérience. Un ren-
tier, bon homme et point trop
lettré, qui fut pendant dix ans
au régime du papier, célébra
avec l'abandon d'un estomac
reconnoissant, la belle exacti-
tude du trésor impérial à le
payer en argent neuf. Un casse-
cou des relations extérieures,
vrai centaure de son métier, parla de politique aussi-bien qu'un
journaliste, et annonça que
maintenant un courrier français est acceuilli dans les cabi-
nets étrangers, mieux que ne

l'étoit, il y a quinze ans, un ambassadeur de Versailles. Un gentilhomme de la Vendée, fit le récit de ses fautes et de ses malheurs. Il émut l'assemblée lorsque dans les mouvemens de sa reconnoissance pour le pacificateur de son pays, il s'écria du fond de l'ame: ah! qu'il est doux, après tant d'orages, de retrouver une famille et des foyers, de dormir en paix sur sa terre natale, au sein de sa patrie réconciliée!

Alors un Suisse se leva sans beaucoup de gaucherie. Il avoit bien le droit de figurer au pro-

5

cès comme partie ; mais il pré-
féra d'être médiateur. Il fit re-
marquer que les excellentes
raisons apportées par les con-
currens, rendoient la décision
fort difficile. Cependant, leur
dit-il, comme cette question a
établi une sorte de lutte entre
les états, vous pouvez conserver
tous vos droits, en les faisant
exercer en commun par une
personne qui n'appartenant encore à aucun de ces états, laisse
à chacun d'eux l'espérance
qu'un jour elle le choisira. Il
termina sa phrase par la direc-
tion d'un regard plein d'affabi-

lité sur mademoiselle Charlotte Lombert, et l'assemblée, saisissant rapidement la pensée du galant Suisse, lança au plafond un *bravo* général.

Cette jeune demoiselle fut obligée de céder à l'importunité des convives. Elle rougit beaucoup, elle fut très-embarrassée, et ne put proférer qu'un mot en portant la santé de l'Empereur. Mais ce mot fut juste et bien senti; mais sa rougeur et son embarras ajoutèrent un charme nouveau à cette scène dont tout le monde fut enchanté. A sa place, un jeune garçon n'au-

roit probablement fait et dit
que des sottises. On demandera
pourquoi ; je le sais bien : mais
ma réponse deviendroit peut-
être une digression philosophi-
que. Or j'en ai déjà tant prodi-
gué dans cet écrit en faveur des
gens qui n'aiment pas les ro-
mans, que je vais désormais
me borner à raconter en faveur
de ceux qui n'aiment pas les
réflexions.

On se levoit de table, lorsque Jacques, le phaëton de la
carriole, entra dans la salle avec
la figure renversée, et annonça
tristement à M. Lombert que la

jument étoit hors d'état de partir. On courut à l'écurie, et
l'on trouva la pauvre bête étendue sur la litière, et tellement
enflée, qu'un naturaliste de
la foire auroit pu la montrer
comme un hippopotame. Ce
contre-temps jeta dans un cruel
embarras, la famille qui n'étoit
pas forte en ressources d'inven-
tion, et dès-lors, rien ne fut
plus incertain que l'achève-
ment de ce voyage dont la seule
résolution avoit tant coûté de
peines.

CHAPITRE X.

Conclusion.

Un voyageur qui sort de table
et qui va s'amuser à Paris , est
un être naturellement bon. Si
Hobbes n'eût observé l'huma-
nité que là , son odieux système
seroit encore à naître. Tous les
convives de la table d'hôte furent touchés de l'accident arrivé à notre famille ; il leur sem-
bla que la délaisser dans de
telles circonstances seroit violer
cette espèce de fraternité qui

s'établit d'abord entre des compatriotes qui vont à une fête commune. En conséquence, il fut convenu que Jacques resteroit à l'auberge jusqu'à ce que la jument enflée rentrât dans des proportions raisonnables, et que les autres voyageurs se partageroient entre eux le transport de la famille. La délicatesse et la bienveillance présidèrent à cet encan hospitalier. Voici comment les lots furent distribués.

M. Lombert et sa femme échurent à trois marchands que voituroit une carriole d'osier.

Cette recrue n'apporta aucun trouble dans la société roulante. Les marchands continuèrent à dormir pendant toute la route, et à moduler sur différens tons leur respiration dans les fosses nasales. Madame Lombert ne fit pas un emploi moins innocent de l'air atmosphérique, et ne cessa de parler jusqu'à Paris sans que personne sentît le besoin de l'interrompre; car son mari resta suspendu dans cet état moyen où, sans dormir encore, on a pourtant cessé d'être éveillé, espèce de végétation très-favorable à

la marche nutritive du chyle.
J'appellerai cet état *le vague in-
férieur*, pour ne pas le confon-
dre avec *le vague supérieur* où
nos hommes de génie se van-
tent d'avoir seuls le droit de
nager, et d'où nous voyons
tomber pêle-mêle la musique
insignifiante, les peintures dé-
sordonnées, la poésie sans idées,
et tout le fatras des lycophrons
mâles et femelles.

M. Desrochers, patriote et
presque médecin, eut une place
à côté de la religieuse, et l'in-
téressa en ne voulant que l'a-
muser. Les dévotes ont un goût

singulier pour les brebis éga-
rées, et l'orgueil de faire une
conversion les jette à leur insu
dans des sentimens plus hu-
mains. D'ailleurs un médecin
que son état met d'abord sur le
chemin des confidences, avance
bien plus vîte qu'un autre. Aussi
il étoit temps que la pauvre
sœur arrivât. Je ne pense pas
sans frémir au danger que fait
courir à la vertu d'une femme
le projet de convertir un médecin.

M. le chevalier prit la place
de la revendeuse à la toilette,
et la fit asseoir sur ses genoux.

Je n'ai jamais pu tirer de lui son opinion sur cette manière de voyager. Il est bien dommage qu'un si grand philosophe ait refusé de s'expliquer dans une occasion de cette importance.

Je vous dirai tout à l'heure quel fut le sort de mademoiselle Agathe et de sa nièce. Mais je dois auparavant vous apprendre que M. Maisongauche ne put être logé dans aucune voiture, et que pourtant il ne resta pas en chemin. Le courrier de dépêches dont j'ai déjà parlé, amenoit de Toulon un cheval arabe, destiné à un officier gé-

néral. Cet animal cachoit sous
de maigres dehors, le mérite
infini de sa naissance. Il avoit
fait ses preuves pour entrer
dans les meilleures écuries de
l'orient; il portoit ce que nous
autres gentilshommes appelons
un nom historique, et ses pa-
piers de famille, enfermés dans
une cassette confiée au courrier, attestoient, suivant la
coutume d'Arabie, son antique
origine, pure de toute mésal-
liance. Ce fut à M. Maisongauche que le courrier proposa
de monter sur le dos d'un qua-
drupède de si bonne maison,

et l'offre fut acceptée. Mais dès les premières lieues, jeté deux fois dans la boue, M. l'avocat éprouva ce qu'il en coûte à vouloir tâter de la noblesse. Il s'estima très-heureux de changer de monture avec le courrier, et désormais tranquille sur l'animal indigène, il se répétoit cette leçon qui est l'abrégé de la sagesse humaine : Si tu n'es pas écuyer, contentetoi de monter des mazettes.

Si j'ai bien compté, voilà cinq personnages de la famille, pour lesquels je suis quitte envers le lecteur. Comme leurs aventures

sont assez communes, j'ai pris
le parti d'expliquer tout de
suite ce qui en étoit. Je n'aime
pas ces politiques empesés, qui
vous distillent goutte à goutte
d'insipides niaiseries; et quand
je n'ai à dire que des riens, au
moins je ne les fais pas atten-
dre. D'ailleurs, on a pu remar-
quer que mademoiselle Charlotte est l'héroïne de mon livre,
et à ce titre, les grands effets
lui appartiennent. Dans Ho-
mère lui-même, tout Grec n'est
pas Achille. Le contraire n'est
bon à dire que sur les planches
du Théâtre français.

Parmi les dîneurs de la table d'hôte, j'ai eu tort de ne pas citer un ancien procureur de Bernardins, bon français, galant homme et joyeux convive. Il s'étoit sauvé du naufrage de son ordre sur quelques bonnes planches, et conservoit, sous des cheveux gris, une mine fraîche et allaitée par les meilleurs clos de la Bourgogne. Il alloit à Paris boire à la santé de l'Empereur et du Pape, et voyageoit seul dans le cabriolet du chapitre, machine antique, mais commode, qui, ayant été construite pour deux moines,

devoit contenir trois personnes à l'aise. Dom procureur
offrit galamment de conduire
des dames ; mademoiselle Agathe et sa nièce entrèrent dans le
saint équipage , et se placèrent
aux deux côtés du Bernardin.

Hélas ! c'est quand la bonace
paroît le plus assurée, que la
tempête s'élève. Mademoiselle
Charlotte, qui rioit de si bon
cœur sur la paille de sa carriole,
n'aura plus de repos sur l'édre-
don du cabriolet. En changeant
de voiture, elle a cru qu'il étoit
décent de quitter son tablier de
voyage, qui a été atteint de quel-

ques éclaboussures sur l'équipage franc-comtois. Elle en vide
les poches; et le billet que la
mendiante y avoit glissé, au
moment du départ, tombe dans
ses mains. Elle le regarde avec
curiosité, voit, en tressaillant,
son adresse, reconnoît la main
de Ferdinand, et va saisir le
premier instant où elle pourra,
d'un œil furtif, lire ce papier
mystérieux.

Oh! de combien de tourmens
cette lecture est suivie! Ferdinand mande à son amie qu'il
va partir de Paris et se rendre
dans sa patrie, où des affaires

I

l'ont brusquement appelé. Il se
promet le doux bonheur d'y
entretenir souvent mademoiselle Charlotte. S'il lui donne
cet avis par une autre voie que
celle de la poste, c'est qu'il est
d'un grand intérêt, qu'au moins
pendant les premiers jours, son
arrivée soit secrète et ignorée
de son ancien tuteur. Que devient mademoiselle Charlotte à
cette foudroyante nouvelle?
Pourquoi a-t-elle tant desiré
ce funeste voyage? Hélas! peut-
être déjà son amant est parti?
peut-être a-t-il passé à côté
d'elle sans la reconnoître? peut-

être aussi va-t-il bientôt pa-
roître? Et la voilà résolue à
épier jour et nuit tout ce qui
passera sur la grand'route.

O amour! ô imagination!
sources de tant de biens et de
tant de maux, comme vous éga-
rez cette ame tendre et novice!
Ce qu'elle prend pour l'écri-
ture de Ferdinand, n'en est
qu'une imitation grossière. Ce
billet, sorti de la maison de
madame Durenard, eût com-
plètement réussi à faire avorter
le voyage de la famille, si mademoiselle Charlotte l'eût reçu
le dimanche à la messe; mais

Dieu sans doute ne permit pas que l'iniquité s'accomplît dans son temple. La jeune fille est loin de soupçonner cette odieuse imposture. A sa place, à mon âge encore, je ferois comme elle. Tout croire, tout craindre et tout entreprendre, voilà notre devise quand nous aimons.

Ce fut dans cette douloureuse inquiétude que mademoiselle Charlotte, ne voyant plus, à force de regarder, et surtout n'entendant rien des doctes entretiens de sa tante et du moine, continua sa route jus-

qu'au lendemain. Paris n'étoit
plus éloigné que de trois à quatre lieues, quand mademoiselle
Agathe, un peu altérée par une
discussion sur le concordat , de-
sira descendre un instant dans
une ferme située sur le bord du
grand chemin. Dom Procureur
lui donna la main ; mais mademoiselle Charlotte, qui ne vou-
loit pas s'exposer à manquer,
par un moment d'absence, l'objet de ses recherches , s'obstina à
rester dans le cabriolet ouvert,
et tint d'une main délicate les
rênes du cheval vigoureux, qui
hennissoit dans le brancard.

Elle étoit dans cet état d'attention immobile, lorsqu'un homme, d'une haute taille et d'une figure sinistre, filant avec précaution le long du mur de la ferme, arrive au bord du grand chemin, apperçoit le cabriolet, s'y élance, le referme sur lui, saisit les rênes, et pousse le cheval avec une effrayante impétuosité. Mademoiselle Charlotte, d'abord muette de stupeur, veut ensuite faire des cris. Mais l'inconnu lui impose silence, en présentant à ses yeux la lame étincelante d'un long poignard. « Ce que je fais, lui

» dit-il d'une voix sombre, est
» l'ouvrage de la nécessité. Plus
» malheureux que coupable,
» je suis impliqué dans une af-
» faire où il va de ma tête. Des
» gendarmes me poursuivent,
» et je n'ai sur eux qu'un quart-
» d'heure d'avance. Mais si j'at-
» teins Paris, j'ai les moyens
» de m'y cacher. A la première
» rue qui suivra la barrière,
» je vous délivrerai de ma com-
» pagnie, et vous n'avez rien
» à craindre de moi; mais si jus-
» ques-là vous poussez un cri,
» vous appelez un passant ou
» lui faites un signe, je jure que

4

» ce poignard vous jettera morte
» sous mes pieds ». La pauvre
Charlotte sentoit son sang se
glacer, et ne pouvoit décider si
cet étrange événement étoit un
songe ou une réalité. Mille sentimens confus bouleversoient
son ame, et cependant le cabriolet l'emportoit avec la rapidité de l'éclair.

Mais une épreuve plus cruelle
lui étoit encore réservée. M. Lombert, dès la première journée
du voyage, avoit écrit à Ferdinand, pour le prévenir de
l'arrivée de la famille, et l'in-
viter à lui retenir un logement.

Le jeune homme ainsi averti,
n'avoit pas manqué de monter
à cheval au jour fixé, et de venir au-devant d'une famille qui
lui étoit si chère. Or, que de-
vint mademoiselle Charlotte,
quand elle l'apperçut de loin?
Qui oseroit peindre l'affreux
combat dont son cœur fut déchiré! Le voilà! C'est-lui! Il va
passer dans un instant! Si elle
ne l'appelle pas, il poursuit sa
route dans le Jura, et peut-être
est-il à jamais perdu pour elle.
Mais si elle l'avertit d'un geste
ou d'un seul mot, un féroce
assassin l'égorge elle-même aux

5

yeux de ce tendre amant. Cependant Ferdinand la reconnoît et s'approche d'elle ; elle
essaie de tendre les bras, mais
le terrible inconnu la touche de
son poignard. Glacée d'horreur, elle recule, et, vaincue
par un si cruel effort, elle tombe
évanouie dans le fond de la voiture ; le malheureux Ferdinand,
qui ne peut attribuer ce qu'il a
vu qu'à un desir bien prononcé
d'éviter sa rencontre, reste
accablé d'étonnement et de
douleur, dans l'attitude d'un
homme que la foudre a frappé.

Ce dernier événement fait

redoubler de vîtesse à l'inconnu. Il a enfin franchi la
barrière. Alors, fidèle à sa pro-
messe, il arrête le cheval baigné
de sueur et d'écume, descend
légèrement du cabriolet, le referme sans bruit, et s'éloigne à
grands pas par une rue détour-
née du faubourg Saint-Antoine.
Ainsi fut sauvé ce malheureux
par un trait d'audace et de présence d'esprit dont j'ai raconté
les circonstances, sans y rien
ajouter, et telles qu'elles sont
connues de plusieurs magistrats
de la capitale. J'ai su depuis le
nom de la famille de cet homme,

6

qui n'étoit pas sans quelques
vertus. Une querelle au jeu
l'avoit rendu complice d'un
meurtre atroce, et maintenant
il expie loin de sa patrie, par
un exil volontaire, les crimes
qui suivent trop souvent la
plus fatale des passions.

Cependant Ferdinand, resté
immobile au milieu de la grand'-
route, fut successivement ren-
contré et reconnu par M. Maisongauche sur son cheval, par
M. Desrochers à côté de sa religieuse, par M. le chevalier
sous le poids de la revendeuse
à la toilette, et par M. et ma-

dame Lombert dans la carriole
des dormeurs. Son récit leur
parut à tous une pure vision,
parce qu'il n'expliquoit point ce
que seroient devenues des personnes aussi prudentes que mademoiselle Agathe et Dom Procureur. Mais l'inquiétude de-
vint sérieuse quand on les apperçut l'un et l'autre sur l'impériale d'une diligence. En effet,
quand ceux-ci sortirent de la
ferme où la dévote étoit restée
quelque temps à se remettre de
son épuisement théologique, ils
furent bien étonnés de ne pas
voir le cabriolet; mais ils imagi-

nèrent que la jeune fille n'ayant
pas eu la force de retenir le
cheval, il avoit suivi la route de
Paris, et qu'au moins on l'auroit arrêté à la barrière. Comme
dans l'intervalle les autres voi-
tures de la famille avoient passé,
ils furent réduits à prendre deux
places qui étoient encore libres
sur l'impériale d'une diligence.
Mademoiselle Agathe, qui n'a-
voit jamais voyagé à une si
grande distance du sol, amusoit
fort la chambre aérienne. A
chaque cahot elle poussoit des
cris aigus comme l'aigle perché
sur un donjon, et s'attachoit

au Bernardin avec la sincérité
de la peur.

La caravane réunie appro-
choit de la ville, et la famille
interrogeant tout le monde, ne
recueilloit autre chose de ses
informations, si ce n'est qu'on
avoit vu un vieux cabriolet con-
tenant un homme et une femme,
et que sans doute le diable emportoit, tant il brûloit le pavé.
Mais à l'entrée du faubourg un
grand attroupement suspendit
la marche des chevaux, et fixa
l'attention des voyageurs. On
prévoit facilement quelle en
étoit la cause. Ce cheval, halè-

tant de fatigue, ce cabriolet go-
thique et abandonné, avoient
été remarqués. Un passant plus
curieux l'ayant ouvert, on
avoit trouvé la jeune fille tom-
bée sur la banquette et privée
de tout sentiment. Aussi - tôt
mille bras officieux l'avoient
transportée dans une boutique
voisine, où l'on tâchoit en vain
de la rappeler à la vie, lorsque
Ferdinand, suivi de la famille,
et s'ouvrant un passage au tra-
vers de la foule, se précipita auprès de l'intéressante victime.

Alors commença une de ces
scènes cruelles et délicieuses

auxquelles ne peut atteindre
l'art des descriptions. Peindrai-
je dans mademoiselle Charlotte
l'évanouissement de la joie suc-
cédant à celui de la douleur,
et dans Ferdinand la honte du
soupçon faisant place à l'effroi
de l'amour ; et ensuite à la
plus tendre ivresse, quand son
amie, encore troublée, se jeta
dans ses bras, en le conjurant
de la défendre contre un meur-
trier ? Peindrai-je aussi les
craintes, les exclamations, les
mouvemens de la famille? L'é-
motion de mon cœur m'avoit
donné l'audace de tracer ce

tableau; mais bientôt , indigné
de trouver si pâles, sur le papier,
des images si vives dans mon
imagination , j'ai déchiré cette
infidèle copie , aimant mieux
laisser douter de mon talent
que de ma sensibilité.

Transportons-nous plutôt le
lendemain dans le logement que
Ferdinand a préparé , et où la
famille , oubliant les traverses
de la veille, se dispose à jouir
des plaisirs nouveaux de sa situation. Sans doute beaucoup
de frivolité se mêle à ses pro-
jets. Le chevalier seul, accoutumé par le malheur à la mé-

ditation , cherche dans l'aspect
de Paris des jouissances plus
profondes. Il palpite d'admiration devant les merveilles opé-
rées en si peu de temps par un
seul homme , devant ce concours immense d'étrangers et
de Français revenus, après tant
de sanglantes erreurs, à une
pensée commune ; il découvre
dans la physionomie actuelle de
la capitale, quelque chose de
grand et d'unique, dont le passé
ne peut offrir de modèle , et
il fait des vœux pour qu'un ob-
servateur habile, digne de tenir
le burin de l'histoire ; trans-

mette à la postérité le vrai caractère de cette mémorable époque.

Si Paris doit éveiller la curiosité de notre famille, j'aime à penser que notre famille n'excitera pas moins la curiosité de Paris. Les lecteurs indulgens qui auront commencé à faire connoissance avec elle dans cet écrit, desireront sans doute l'achever ailleurs. Or, je les préviens que les sept membres qui la composent, et Ferdinand qui fera le huitième, ne se quitteront pas, et assisteront en groupe à toutes les fêtes, à tous les spectacles, à toutes les cérémonies. Outre ce nombre de huit, qui sera caractéristique, voici quelques traits de leur signalement, qui serviront de guide aux curieux, et diront à tous les yeux : *Vous voyez la famille du Jura.*

M. Lombert porte un habit vert de pomme, à larges boutons de nacre, et une canne à la hauteur de l'œil. M. le chevalier, très-maigre et très-long, a un petit chapeau rond, le dos légérement voûté, et un nez aquilin qui se dirige, par une ligne oblique, sur le côté droit de la

bouche. Mademoiselle Agathe
attire de force tous les regards,
par une jupe de basin, couverte,
sur dix-huit pouces de hauteur,
d'une arabesque de tulipes bro-
dées en laine. M. l'avocat a,
suivant sa coutume, l'habit et
veste noirs, et la culotte de
peau chamois. Quant à mademoiselle Charlotte, rien de pro-
vincial ne dépare son ajuste-
ment, parce que M. Ferdinand
la conseille. Entre les roses et
les lis qui fleurissent sur son
joli visage, les lis prennent un
peu le dessus. Sa gaîté est toujours vive et ingénue, mais pas-

sagère, et l'on voit qu'au fond, sa petite tête est fort occupée. Les observateurs reconnoîtront sans peine, dans cette disposition d'une jeune fille, le tant doux regret d'une vierge menacée. En effet, la haine de madame Durenard avoit prédit juste; l'honnête famille n'a pas voulu séparer le bonheur de deux amans du bonheur de la France, et le même jour, mademoiselle Charlotte verra couronner son amour et l'Empereur.

FIN.

www.ingramcontent.com/pod-product-compliance
Lightning Source LLC
Chambersburg PA
CBHW050352030726
47503CB00006B/1818